내
식
탁
위
의
책
들

일러두기
_단행본·잡지·신문은『 』, 미술작품·영화·단편/중편소설·시는「 」로 묶어 표기했습니다.
_인명과 지명 등의 외래어 표기는 이야기 진행상 불가피한 경우를 제외하고 국립국어원 규정을 따르는
것을 원칙으로 했습니다.
_각 글의 첫머리에 등장하는 인용문은 출처가 표기되지 않은 경우 지은이가 번역한 것입니다.

내 식탁 위의 책들

세상에서 제일 맛있는 종이 위의 음식들

정은지 지음

앨리스

먹는 이야기라면 사족을 못 쓰는 당신에게

나는
푸드 포르노 중독자였다

"세상에 먹는 낙만 한 건 없어." 그의 선언에 그녀와 나는 동시에 웃음을 터트렸다. 제철을 맞아 기름이 오른 방어회와 노릇노릇하게 구운 도미 머리와 양이 적어 원통한 성게 알을 숨도 안 쉬고 해치운 직후였다.

지당한 말씀. 좋아하는 사람과 좋아하는 것을 먹는 것보다 좋은 일은 별로 없다. 하지만 그 화기애애한 자리에서는 차마 말하지 못한 비밀이 있다. 나는 혼자 먹는 밥이 더 좋다. 왜냐하면 더 탐욕스럽게, 온전히 먹는 것에만 몰두할 수 있기 때문이다. 정말 좋아하는 것은 그래서 혼자 먹는다. 어떤 날은 배 속에 마늘을 가득 채워 통째로 구운 닭에 서늘한 맥주를, 어떤 날은 비계가 매콤하게 녹아드는 돼지 불고기에 밥 많이, 또 어떤 낱은 생크림을 듬뿍 넣고 무쇠 팬에 구운 스콘에 싸구려 찻잎으로 독하게 끓인 마살라차이를. 나는 설거지를 두려워하지 않는다. 오랫동안 모은 그릇들을 마음껏 늘어놓고 나 혼자만을 위한 상을 차린다. 그리고 마지막 순간 서가로 간다.

식탁 위의 책들. 이 은밀한 쾌락을 완성하는 책은 정해져 있다. 낯선 손님은 나의 식탁에 초대받지 못한다. 수십 번도 아닌 수백 번 읽어서 이미 외운 지 오래인 책들만 올라오고, 책장이 저절로 펼쳐질 정도로 같은 곳만 계속 본다. 좋아하는 음식을 좋아하는 그릇에 담아 좋아하는 책을 읽으며 먹는다. 세상에 이보다 안전한 쾌락이 있을까.

어릴 때부터 나는 먹는 이야기에 집착했다. 주인공이야 왕위를 빼앗기건 해적에게 납치당하건 배가 난파해 무인도에 떠내려가건 내버려두고, 그들이 뇌조를 굽거나 알뿌리를 캐는 장면에만 심취했다. 오랫동안 굶주리다 간신히 발견한 굴 껍질에 칼을 밀어 넣고 억지로 비튼다. 입을 바싹 대고 욕심 사납게 빨아들인다. 턱으로 흘러내리는 비릿한 냄새를 나는 맡을 수 있었다. 『죽음의 무도』에서 스티븐 킹은 말했다, 자신이 호러에 탐닉하는 것은 상상력 때문이라고. 내가 먹는 장면만, 오직 먹는 장면만 보고 또 본 이유는 그거였다. 그림이 아니라 글이기에 그 힘은 오히려 강했다. 단호히 말하지만 세상에 아직 못 먹은 음식보다 맛있는 음식은 없다. 나는 상상하고, 상상하고, 상상했다.

인터넷의 발명은 상상의 세계를 현실로 소환했다. 웹을 뒤지다 보니 나 말고도 먹는 이야기에 집착하는 사람들이 있었다. 세상은 그들을, 그리고 물론 나를 '푸드 포르노 중독자'라고 부른다.

푸드 포르노는 1990년대 후반 즈음 생긴 말이다. 섹스 대신 음식이 욕망의 대상이 되어, 성기 대신 침샘과 위장을 자극하는 글이나 사진이나 영상을 말한다. 이는 놀라운 속도로 확산되었고, 지금도 여전히 확산 중이다. 위키피디아 미국판의 '쿠킹 쇼' 항목에서 꼽는 유명 TV 프로그램만 100개에 달하며, 미국 아마존에는 지난 한 달 사이에만 2,000종에 가까운 음식 관련 서적이 올라왔다. 고전 소설을 주로 출간하던 유서 깊은 출판사 모던 라이브러리는 모던 라이브러리 푸드라는 이름으로 음식 관련 픽션 및 논픽션을 내고 있으며, 펭귄 출판사에도 펭귄 그레이트 푸드 시리즈가 있다.

책이나 영화도 있지만 웹이야말로 푸드 포르노의 천국이다. 트래픽이 있는 곳에는 먹을 게 있고, 먹을 게 있는 곳에는 트래픽이 있다. 신문사나 방송국의 인터넷 판은 물론 대형 포탈이고 카페고 음식 사진 천지고, 블로고스피어에서 가장 인기 있는 콘텐츠도 단연 음식이다. 오늘날 음식 사진 없이 운영될 수 있는 개인 블로그가 얼마나 될까. 음식 포스팅만 구독하는 블로거가 적지 않고, 음식 포스팅만 하는 블로거는 훨씬 많다.

포르노에서 중요한 것은 작품성이 아니다. 웹의 음식 사진은 진부하기 그지없고, 따라붙는 설명은 누가 썼건 비슷하다. 그리고 가장 많은 댓글이 달리는 것은 언제나 설탕과 기름이 넘쳐나는 불량한 음식이다. 햄버거나 케이크 사진은 식이장애 커뮤니티에서도 인기 있는 콘텐츠다. 왜냐하면 사진 속의 음식은 아무리 먹어도 살찌지 않고, 따라서 죄책감 역시 없기 때문이다. 그들은 이 가상의 음식들을 칭송하는 동시에 혐오하고, 갈망하는 동시에 매도한다.

많은 사람이 푸드 포르노를 식욕과 별개로 소비한다. 그들은 요리 채널을 하루 종일 틀어 놓지만 따라 만드는 일은 없다. 근사한 요리책이 여러 권 있지만 부엌 선반이 아니라 서재 책장에 행여 국물이라도 튈세라 안전하게 보관한다. 그들에게 제이미 올리버나 고든 램지는 포르노 스타다. 자신은 꿈에도 못할 테크닉을 펼치는 것을 그저 구경할 뿐이다.

음식을 다루는 텍스트에 집착하는 것은 뇌의 특정 부분의 이상 때문이라는 논문을 본 적이 있다. 하지만 이 글을 쓰며 다시 확인하니 찾을 수 없었다. 이 가설은 정말 존재하는 걸까, 아니면 내가 자기합리화를 위해 무의식중에 기억을 위조한 걸까? 어느 쪽이건 상관없다. 언젠가는 이 글을 썼을 것이다. 푸드 포르노를 보는 것에 만족 못하고 직접 나섰을 것이다.

작은 소망이라면 독자들이 이 책을 들고 식탁 앞에 앉는 것이다. 종이 위의 음식들이 나에게 준 흥분과 위로를 나누고 싶다. 그리고 문득 깨닫는 것이다. 혼자 먹는 밥은 꾸역꾸역 넘겨야 하는 현실이 아니라 가장 은밀한 즐거움이라는 것을. 포르노의 미덕은 누가 뭐래도 실용성이다. 이 책도 마찬가지다.

차 례

모험가의 식탁

탐식가의 식탁

치유자의 식탁

생존자의 식탁

우리는 매일 떠나는 꿈을 꾼다. 하지만 현실로 옮기려고 할 때마다 가진 게 너무 많다는 사실을 깨닫는다. 시시하고 지루한 것들이 갑자기 왜 이리 소중한지! 일상을 벗어나는 것에 대한 두려움은 가지 못한 길에 대한 동경을 언제나 이긴다. 그래서 대신 책 속에서, 안전하게 길을 잃는다.

여행자의 식탁

THE NÜRNBERG STOVE
V.C.ANDREWS
CHARLES DICKENS
MOTHER GOOSE
STEPHEN KING
Daddy-Long-Legs
NOBODY'S BOY

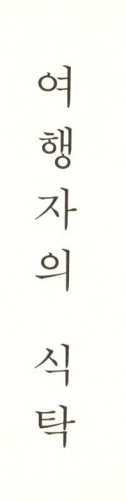

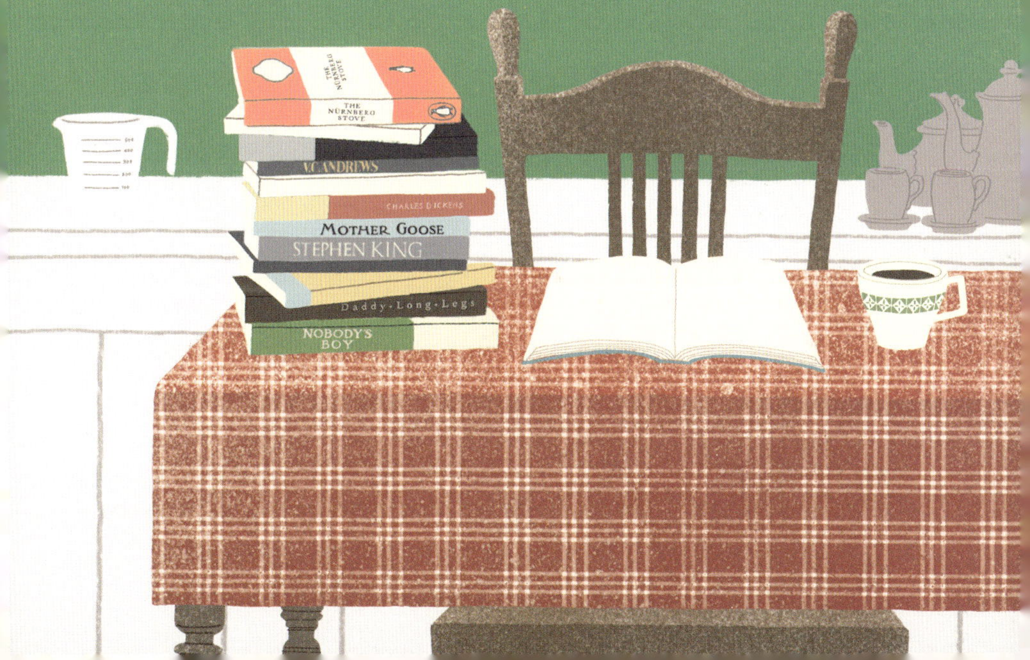

나는 강낭콩 껍질을 까서 삶는다.
아내는 생선 칼로 연어를 다듬는다.
우리는 도로가 매우 신선한 탓에 와사비를 푼 간장에 찍어
부엌에서 선 채로 먹는다. 이렇게 회를 우물우물 먹다 보면
밥이 먹고 싶어진다. 마침 어제 먹다 남은 찬밥이 있어,
연어 살과 매실 장아찌를 반찬으로 밥을 먹는다.
먹는 김에 오징어로 회를 쳐서 먹는다. 아주 부드럽고 맛있다.
배추절임 대신에 삶은 강낭콩을 먹는다.
그러다 보면 어느새 즉석 된장국까지 타서
부엌에 선 채로 간단하게 점심식사를 끝낸다.
_무라카미 하루키, 『먼 북소리』 (윤성원 옮김, 문학사상사)

무라카미 하루키에게
낚인 사람 클럽

와타나베 노보루는 삼십 대 초반이다. 월급이 또박또박 나오는 직장은 없지만 돈이 궁하지는 않다. 요리를 즐기고 책과 영화와 음악을 좋아한다. 유행에 민감하진 않지만 좋아하는 브랜드에는 충성스럽다. 여자에게 인기 있는 스타일은 아니지만 좋다는 여자 한둘은 늘 있다. 의외로 꾸준히 운동하는데 이유는 딱 하나, 날마다 맥주를 마시고 싶어서다.

하루키 소설 남자 주인공보다 팔자 좋은 사람은 없다. 부와 권력은 없지만 하루하루 느긋하고 안락한 일상. 안빈낙도나 소박한 삶과는 관계없다. 그가 추구하는 건 어디까지나 쾌락이고 사치다. 하지만 거창한 것은 아니고, 작지만 확실한 행복. 차곡차곡 개킨 팬티가 가득한 서랍장이라든가, 겨울밤 부스럭부스럭 이불 속으로 들어오는 과묵한 거대 고양이라든가, 새로 사온 브룩스브라더스의 하얀 면직 버튼다운 셔츠라든가. 일본뿐 아니라 한국에서 무라카미 하루키는 한 시대를 풍미했다. 그의 글은 건조하고 또 서늘했다. 오직 뜨겁고 축축하기만 하던 시대에 그것은 세상에 없는 신선한 바람이었다.

특별한 사건은 일어나지 않는다. 평범한 일상의 한 꼬투리를 낚아채 나른하고 심술궂게 풀어내기, 하루키에게는 그런 재주가 있다. 종일 빈둥거리다 문득 외출 준비를 한다. 단지 밥을 먹기 위해서다. 약속은 없고, 피치 못하게 밖에서 때워야 할 사정이 있는 것도 아니다. 집에서도 만날 만드는 스파게티를 굳이 밖에서 먹는가 하면, 대낮부터 메밀국수 집에서 맥주를 걸치기도 한다. 시간 많구나. 그리고 돈도 많아. 그것은 난생 처음 듣는 신기한 이야기이자 끝내주게 멋진, '쿨한' 삶이었다.

하루키적인 삶의 유혹은 강렬했다. 소확행小確幸, 작지만 확실한 행복의 지지자가 속출했는데 그들은 특히 하루키의 단골집 '토끼정'에 흥분했다. 그곳은 한적한 주택가에 있다. 간판은 없고, 입에서 입으로 전해지는 평판만으로 장사한다. 열 명이면 꽉 차는 작은 가게로 주인 혼자 일하지만 어수선한 느낌은 없다. 주인은 수수께끼 같은 인물이다. 인상은 나쁘지 않지만 목덜미에 칼자국이 있다. 원래 조직폭력배였다는 소문이다. 메뉴는 딱 둘이다. 매일 바뀌는 정식에는 보리밥에 바지락 된장국, 큰 그릇에 한가득 담긴 양배추 샐러드와 신선한 야채절임, 시금치나물이나 버섯 초무침이 나온다. 고로케 정식에는 제법 큰 고로케가 두 개인데, 감자랑 쇠고기 말고는 아무것도 들어 있지 않다. 젓가락으로 꾹 누르듯 잘라 입에 넣는다. 겉은 바삭하고 속은 녹아들 듯 뜨겁다. 하나는 그냥 먹고, 나머지 하나에는 특제 소스를 뿌려 먹는다. 점점 줄어드는 맥주와 고로케를 야금야금 먹으며 느끼는 행복은 각별하다. 분명 사소하지만, 그래도 확실하다.

1978년 4월 1일, 하루키는 진구 구장 외야석에서 맥주를 마시며 혼자 야구를 보고 있었다. 야쿠르트 스왈로즈의 데이브 힐튼이 2루타를 때린 순간, 자신이 소설을 쓸 수 있다는 사실을 깨달았다. 그는 스물아홉 살이었고 재즈바를 운영하고 있었다. 매일 영업이 끝나면 글을 썼고, 7개월 후 완성했다. 그 소설이 『바람의 노래를 들어라』다. 데뷔작으로 군조신인문학상을 탔지만 가게는 그만두지 않았다. 그 후로도 몇 년이나 가게를 운영하며 밤에만 글을 썼고, 가게를 그만둔 후에도 매일 정해진 시간에 책상으로 출근하고 퇴근했다. 소설 쓰기는 어디까지나 일상의 일부지, 일상을 팽개치고 매달려야 하는 무언가가 아니라고 생각했기 때문이다.

1986년부터 1989년까지, 하루키는 3년간 유럽에 머물렀다. 여행으로 들락거린 게 아니라, 이탈리아와 그리스에 아예 집을 구해 살았다. 그것은 여행이 아니라 일상이었다. 그러기에 계속 소설을 썼고, 그곳에서 또 다른 토끼정을 발견했다. 이름 하여 치구정. 이탈리아 시골 식당 이름이 왜 그 따위냐면, 사실은 이름이 없기 때문이다. 치구정은 원래

여관이었다. 어느 스위스인이 사서 별장으로 꾸
몄는데, 난데없이 예약 전화가 온 것이다. 주인
아낙은 짜증 내는 대신 말했다. "사정은
모르겠지만 올 테면 오세요."

아침마다 주인이 졸린 눈을 비비며 차
를 몰고 가 막 구워낸 크루아상과 롤빵을
사 온다. 커다란 접시에 가지런히 담은 햄
과 치즈, 아침에 낳은 계란으로 만든 스크램블드에그, 갓 짠 주스와 커
피가 있고, 프루트칵테일, 뜰에서 딴 과일들, 애플파이까지 나온다. 점
심과 저녁은 동네 식당으로 슬슬 걸어가서 먹는다. 야외 테이블에 파스
타, 버섯과 쇠고기 요리, 여름 야채 무스, 가지 그라탱이 차려진다. 디저
트는 초콜릿 무스다. 배 꺼트릴 겸 산책이라도 나가면 여관 강아지가 신
나서 쫓아온다. 숲 속으로 들어가면 버섯 따는 아저씨가 우렁차게 인사
한다. 밤에는 토끼랑 멧돼지가 포도나 살구를 훔쳐 먹으러 온단다.

⚊

일본을 떠날 때 하루키는 서른일곱 살, 데뷔 8년차였다. 대단한 인기
작가는 아니라도 전업 작가로 살 정도는 되었다. 30대를 넘기면서부터
그는 줄곧 생각했다. 마흔 살이라는 나이는 하나의 전환점이라고. 그
가 떠난 것은 정신적으로 탈바꿈하고 나서는 더 이상 쓸 수 없는 소설

을 쓰기 위해서였다. 유럽에서 보낸 3년 동안 그는 두 편의 소설을 썼는데 그중 하나가 『노르웨이의 숲』이다. 이 책이 10만 부 팔리자 하루키는 자신이 많은 사람들에게 사랑받는다고 생각했다. 하지만 100만 부를 넘기자 고독해졌다. 지치고 혼란스러웠다. 그렇지만 그 고독과 혼란은 오래가지 않았다. 좋은 쪽이건 나쁜 쪽이건, 그는 자신의 위치를 받아들인 것으로 보인다. 『노르웨이의 숲』 이후 하루키는 일본을 대표하는 작가 반열에 올랐고, 지금은 현역 일본 작가 중 가장 유력한 노벨문학상 후보로 거론되기까지 한다.

2009년 그는 이순의 나이에 『1Q84』를 내놓았다. 한국에 다시 한 번 하루키 열풍이 불었지만 나는 읽지 않았다. 그도 변했지만 나도 변했기 때문이다. 15년 전 나는 결심했다. 언젠가는 토끼정을 찾아 일본으로 가겠다고. 지금은 그럴 생각이 없다. 그런 가게는 존재하지 않기 때문이다. 토끼정은 너무 근사하다. 너무나 하루키적으로 근사한 이야기라서 사실일 리가 없다. 그래서 실망했다는 건 아니다. 토끼정이 단지 하루키의 희망사항이라도 상관없다. 누가 뭐래도 그는 허구를 지어내는 일상을 가진 사람 아닌가. 내가 홀린 건 그 허구였고, 그 진위를 군이 확인할 필요는 없다. 나는 단지, 더 이상 그의 이야기에 매혹되지 않을 뿐이다.

그의 소설은 더 이상 안 읽지만 그가 지어낸 일상, 하루키적인 삶은 남아 있다. 하루키 이전에 나는 고로케를 먹지 않았고 술도 거의 마시지 않았다. 하루키 이후 가끔씩 못 견디게 고로케가 먹고 싶어지며,

온종일 더위에 시달리다 찜통 지하철로 마무리하는 귀갓길 머릿속엔 온통 차가운 맥주 생각뿐이다. 집에 도착하자마자 옷을 벗어던진다. 찬물을 뒤집어쓴 후 서늘한 새 옷으로 갈아입고 다리를 쭉 펴고 앉는다. 냉장고에서 맥주를 꺼내 오고 과자 봉투도 뜯는다. 여름이라면 맥주를 벌컥벌컥, 겨울이라면 커티삭을 홀짝대며 책을 읽는다. 그 책은 무라카미 하루키의 것이 아니다. 하루키가 알면 울컥하겠지. 하지만 와타나베 노보루라면, 최소한 겉으로는 모른 척할 것이다.

『먼 북소리』 무라카미 하루키

어째서인지 모르지만 무라카미 하루키를 무라카
미라고 부르게 되지는 않는다. 내가 하루키의 수
필과 사랑에 빠진 것은 「지하철 긴자 선의 원숭이의
저주」를 읽은 순간이었다. 그 사랑은 「작지만 확실한
행복」으로 고이 간직되다가, 「42킬로미터 뛰고 난 뒤에 마시는 맥주」로 거세게 타
올랐고, 잠시 사그라지나 싶더니 「자기란 무엇인가 혹은 맛있는 굴튀김 먹는 법」으
로 다시 살아났다. 하루키는 역시 소설보다 수필이라는 사람이 적지 않다. 나 역시
그중 한명으로서 최고는 이 책이다.

이탈리아에서 시작해 그리스로, 다시 이탈리아로, 또 오스트리아
로. 하루키의 이방인으로서의 삶은 외롭기보다는 편안했던 것
같다. 그의 글의 매력은 세련된 비틀림이지만 가끔은 그것이 지
나쳐 가식적으로 느껴질 때도 있다. 반면 『먼 북소리』는 정제되
지 않아서 오히려 마음이 가는 종류의 글이다.

와타나베 노보루는 주인공에서부터 지나가는 사람에 이
르기까지 하루키 글에 자주 등장하는 전형적이면서도
보편적인 캐릭터. 그리고 하루키의 단골 삽화가이자
절친한 친구인 안자이 미즈마루의 본명이기도 하다.

만일 부엌에서 시식을 했다면
평범하거나 심지어 불쾌하게 느껴졌을 음식이
구름이 있는 곳에서는 새로운 맛을 띠고 구미를 돋운다.
전혀 집 같지 않은 곳에서 우리는 기내식을 받아들고
집에 온 것 같은 편안함을 느낀다.
_알랭 드 보통, 『여행의 기술』(정영목 옮김, 이레)

사각 쟁반 위의 만다라

당신이 2009년 여름 런던을 찾았다 치자. 지독히 더운 주제에 툭하면 비에 안개에, 하여간 우울했을 것이다. 맛대가리 없는 밥이 비싸기는 왜 이리 비싸. 물어물어 찾아간 버버리 할인매장에서도 건진 게 없으니 애타게 기다리는 엄마에게 한소리 듣게 생겼다. 이제는 여행이고 뭐고 지긋지긋하다.

강철과 유리로 지은 히스로 공항 제5터미널은 영국에서 가장 큰 단독 건물이다. 까마득하게 높은 천장 아래 책상이 있고, 탄산수 병, 유리컵, 그리고 노트북이 올라 있다. 아무리 봐도 공항 직원 같지 않은 남자가 앉아 있는데, 노트북 화면 대신 지나가는 사람들 얼굴만 쳐다본다. '저건 웬 대머리야?'

그것은 알랭 드 보통의 대머리였다. 그가 분주한 탑승 구역 한복판에 뜬금없이 눌러앉은 것은 세계화 반대 시위 때문이 아니다. 보통은 히스로 공항의 경영사 BAA에게서 '상주 작가' 제안을 받았다. 제5터미널에서 한 주일 죽치며 글을 써달라는 것이었다. 말하자면 행위예술 언저리인 셈이다. 그런 곳에서 글이 써질까? 물론이다. 왜냐하면 보통이 말했듯 독창적 사고는 수줍은 동물이라 뚫어지게 쳐다보면 절대 굴에서 안 나오기 때문이다. 혼잡한 거리나 터미널을 보고 있어야 비로소 슬금슬금 기어 나온다. 『공항에서 일주일을』은 게이트와 면세점, 휴게실에다가 기내식 공장, 격납고, 또 관제실을 건조하게 바라본 결과물이다.

우리는 왜 여행에 매혹되는가. 낯선 곳은 외롭다. 그래서 편안하다. 평소에는 못 먹는 걸 먹고, 못 입는 걸 입고, 못하는 짓을 할 수 있다. 하지만 그런 걸 못 하면 또 어때. 일상을 벗어나는 것으로 충분하다.

보통은 여행보다도 그것을 돕는 기계의 아름다움을 열렬히 찬미한다. 호텔, 도로, 주유소, 간이식당, 그리고 공항. 다들 목적이 아니라 수단이다. 머무는 곳이 아니라 스쳐가는 곳이다. 장소 아닌 장소다. 우울할 때면 공항으로 가 비행기가 끊임없이 뜨고 내리는 것을 바라보던 남자가 이제는 공항에 머무르며, 글을 쓴다. 그리고 돈을 받는다. 그리하여 공항은 마침내 장소가 되었다. 단 일주일일지언정 알랭 드 보통이 작가로서의 삶을 사는 곳이 되었다.

⋎

민간항공이 처음 생긴 건 제1차 세계대전 직후다. 퇴역 조종사들을 주축으로 생긴 항공사들의 주 업무는 우편배달이었다. 점차 승객을 태우게 되었지만 기내식은 공항 식당이나 근처 호텔에서 구입한 사과나 샌드위치 정도였다.

기내식이 본격화된 건 1934년 유나이티드 항공이 오클랜드 공항에서 직접 주방을 운영하면서부터다. 1945년 팬아메리칸 항공이 협력업체와 함께 새로운 콘벡션 오븐을 개발한 이후로는 보온 용기에 보관했다 미지근하게 제공하던 음식을 냉동 상태로 반입해 따끈하게 데워내는 게 가능해졌다. 요새는 항공사가 직접 주방을 운영하기보다는 케이터링 업체를 이용한다. 항공 전문 케이터링 업체는 공항 인근이나, 아예 내부에 자리 잡고 있다. 같은 공항에서 이륙하는 비행기는 항공사가 달라도 같은 업체를 이용하며, 같은 항공사라도 이륙 공항에 따라 다른 업체의 기내식을 싣는다.

기내식은 좌석 등급에 따라, 또 항공사에 따라 다르다. 나라마다 입맛이 각각이라지만 기내식 평가만은 의외로 한목소리다. 중동이나 아시아 항공사가 대체로 호평이고, 북미가 최악이라는 것이 중론이다. 미리 신청하면 특별식을 받을 수도 있다. 저지방, 저칼로리, 저단백질식 등 의학적 특별식이 있고, 유대교나 이슬람교 등 종교적 특별식에다가 채식주의자식, 유아식도 따로 제공된다.

하늘을 나는 것은 인류의 가장 오랜 꿈이었다. 민간항공의 여명기에 비행기 탑승은 돈으로 살 수 있는 최고의 경험이었고, 기내식은 그 판타지의 절정이었다. 단지 구름 위에서 먹는다는 것만으로 평범한 식사가 문자 그대로 천상의 음식이 된 것이다. 이제 비행기 여행은 더 이상 사치가 아니다. 원하는 장소로 가기 위한 수단에 불과하다. 어쩔 수 없이 겪는 고역이며, 짧을수록 좋다. 1970년대 말, 규제 완화로 대거 등장

H A P P Y   M E A L

한 신생 항공사들은 공짜 서비스를 없애고 가격으로 승부하기 시작했다. 요즘은 인터넷 최저가 검색의 시대를 맞아 가격 경쟁이 한층 살벌해진 가운데 서비스 차별화를 내세우던 대형 항공사들도 대세를 따르고 있다. 많은 항공사가 국내 비행의 이코노미 클래스에는 기내식을 제공하지 않으며, 땅콩이나 프레첼에도 따로 요금을 매긴다. 2008년에는 US 항공이 물, 커피, 콜라를 몽땅 유료로 전환했다가 슬그머니 철회하는 해프닝까지 있었다. 승객이 도시락을 싸 오거나, 아니면 돈을 내고 사 먹어야 하는 BYO Bring Your Own or Buy Your Own 정책은 항공사들의 추가 운임 인하를 가져왔다. 하지만 그 인하 폭은 비용 절감에 비하면 미미하다는 주장도 있다.

기내식 간소화로 인한 비용 절감은 얼마나 될까? 항공사가 케이터링 업체에 지불하는 음식 값은 이코노미 클래스 기준으로 1인당 20달러 수준이다. 하지만 좌석이 덜 차서 남는 기내식을 버릴 때의 손실, 기내식 무게로 인한 추가 연료, 특수 오븐이나 커피메이커 비용, 승무원 인건비, 하다못해 기내식 탑재로 인한 추가 공항 대기 시간까지 고려해야 한다. 아메리칸 항공은 공짜 음식 철폐로 2005년 한 해에만 3,000만 달러를, 유나이티드 항공은 단거리 비행에서 프레첼을 없애서 65만 달러를 절감했다고 발표했다. 적지 않은 돈이지만 총 수입 규모에 비하면 1퍼센트 미만에 불과하다. 기내식 폐지는 항공사의 엄살일 뿐, 비용 절감만큼의 요금 인하는 없다는 불만에는 일리가 있다. 하지만 어차피 공짜라도 안 먹을 음식, 한 푼이라도 깎아주면 환영이라는 의견도 있다.

기내식이 전자레인지에 돌려 먹는 2달러짜리 즉석식품과 다를 게 없다는 불평 역시 틀린 말은 아니다.

기내식은 왜 맛이 없는 걸까? 너무 많은 양을, 그것도 이륙 시간에 맞춰 급하게 준비하는 게 문제다. 보통이 견학한 케이터링 회사 게이트 구르메가 매일 조리하는 기내식은 68만5,000인분에 달한다. 거기다 혹시 이륙 시간이 변경이라도 된다 치면 식어빠진 걸 다시 데우고 또 데운다. 이래 놓고 맛있으면 오히려 이상하다. 높은 고도와 기내 소음이 음식 맛과 미뢰 기능에 간섭한다는 얘기도 있다. 음식은 뻑뻑해지고 풍미를 잃는 한편, 승객들은 맛을 제대로 못 느끼게 되는 것이다. 기내식이 죽도록 짠 건 그 때문이다.

하지만 맛보다 더 큰 문제는 안전이다. 고립된 공간에서 발생하는 집단 식중독은 엄청난 결과를 가져올 수 있다. 1992년 아르헨티나 항공 기내식의 새우가 콜레라균에 오염되는 사고가 발생했는데, 여럿이 발병하고 사망자도 한 명 나왔다. 2010년 미국 식품의약안전청FDA 보고서에 의하면, 세계에서 가장 큰 케이터링 업체 세 곳의 주방에서 죽은 바퀴벌레와 파리를 필두로 온갖 규정 위반이 발견되었다고 한다.

▼

기내식은 맛없다. 또 더럽다. 하지만 많은 사람이 그 맛없고 더러운 음식을 사랑한다. 좁아터진 좌석에 갇혀 팔꿈치도 제대로 못 움직이면

서도 열심히 플라스틱 포크를 놀리고, 뒷자리 버르장머리 없는 애새끼가 툭하면 걷어차는 것도 묵묵히 참는다. 기내식 대신 깎아주는 돈이면 근사한 식당에서 제대로 된 음식을 포장해올 수도 있다. 하지만 기내식에는 맛있는 한 끼 이상의 무언가가 있다.

　세상에는 기내식 전문 사이트라는 게 있다. 에어라인밀닷넷Airline-Meals.net이나 에어플레인푸드닷넷airplanefood.net에는 똑같은 음식을 찍은 구도마저 똑같은 사진들이 연신 올라오고, 사람들은 똑같은 댓글들을 부지런히 단다. 믿거나 말거나 기내식 노스탤지어라는 것까지 있다. 노스웨스턴 대학 도서관에서 개설한 기내식 체험 사이트에는 1950년대부터의 기내식 메뉴가 올라 있다. 이를테면 1963년 워싱턴에서 덴버로 가는 유나이티드 항공의 기내식은 로브스터 칵테일, 밥과 브로콜리를 곁들인 닭, 초콜릿케이크다. 사진조차 없는 메뉴를 보며 다들 무슨 꿈을 꾸는 걸까.

　우리는 왜 기내식에 매혹될까. 나를 홀리는 것은 여행 자체보다는 그것에 대한 기대다. 왜냐하면 환상은 언제나 현실보다 우월하며, 기만은 필연적으로 진실보다 달콤하기 때문이다. 그리고 그 기대가 최고조에 달하는 것은 비행기에서 싸구려 쟁반을 받아 들고 플라스틱 뚜껑을 여는 순간이다. 사각 쟁반 위에 우주가, 자기 완결적 세계가 있다. 기내식은 여행의 완벽한 축도인 동시에 여행자의 만다라다. 빼곡하게 들어찬 플라스틱 용기들은 무의식적인 여행 자아의 상징이고, 우리의 완전한 집중을 이끌어낸다.

보통은 현대의 비인간성에 탄식하지 않는다. 그는 소외와 고립에 오히려 매혹되는 종류의 사람이다. 보통에게 공항은 현대 세계 상상력의 중심이며, 세계화, 환경 파괴, 가족 붕괴, 그밖에도 모더니티의 모든 테마가 콘크리트의 형태를 빌어 장엄하게 표현된다. 그는 출간 후 가진 인터뷰에서 공항으로 돌아가고 싶다고 고백했다. 나도 그러고 싶다. 언젠가 날을 잡아 공항에서 하루 종일 머물고 싶다. 분주한 사람들을 구경하며 마음 놓고 길을 잃고 싶다.

『여행의 기술』 알랭 드 보통

알랭 드 보통은 흔히 '일상의 철학자'라고 불린다. 왜냐하면 철학을 딱딱한 이론 그대로 설명하기보다는 개인의 사소한 일상을 통해 풀어내기 때문이다. 하지만 그의 글은 친숙하고 소박한 것과는 거리가 멀다. 반대로 차갑고, 낯설고, 지식인의 허영심을 은근슬쩍 건드리기 딱 좋을 만큼의 거리를 둔다. 보통을 좋아하건 싫어하건 이유는 동일하다. 어떤 사람들은 이런 면에 공감하고, 어떤 사람들은 이런 면을 도저히 못 참는다.

여행을 예찬하는 여행기는 정말 많고, 여행을 혐오하는 여행기도 가끔 있다. 하지만 여행 자체에는 시큰둥하면서 부수적인 것에만 열광하는 여행기는 『여행의 기술』 말고는 보지 못했다. 이런 것이야말로 알랭 드 보통의 장기다.

"솔트포크를 얇게 저며 찬물에 삶아요.
끓으면 물을 버리고 밀가루를 묻혀 노릇노릇 튀겨요.
바삭바삭해지면 접시에 덜어 두고 기름은 적당히 따라 내요.
놔뒀다 버터 대신 쓰는 거죠. 팬에 남은 기름으로
밀가루를 갈색이 나도록 볶다가 우유를 붓고
계속 저어 가며 끓이면 그레이비가 돼요."

— 로라 잉걸스 와일더, 『실버 호숫가』('초원의 집' 시리즈 4권)

돼지 한 마리의
판타지

로라 잉걸스 와일더는 실존인물이다. 그녀는 1867년 2월 7일에 태어나 1957년 2월 10일 죽었다. 『초원의 집』은 위스콘신에서 캔자스, 미네소타에서 사우스다코타까지, 미국 전역을 포장마차로 누빈 개척자 소녀의 실제 삶에 기초한 이야기다.

아버지 찰스는 정직하고 부지런한 일꾼이고, 아내와 딸들을 끔찍이 사랑하는 가장이다. 하지만 타고난 방랑자에 대책 없는 낭만주의자이기도 했다. 그는 자리 잡아 살 만하면 식구들을 독려해 짐을 쌌고, 당장 끼니가 아쉬운 판국에 신형 스토브니 오르간이니를 외상으로 사들였으며, 그러느라 열여섯 살짜리 딸이 삯바느질로 번 돈까지 끌어 썼다. 로라네는 항상 가난했다. 그리고 배가 고팠다.

로라는 『대초원의 작은 집』(2권)에서 한 해 내내 사냥한 고기와 빵만 먹었다. 힘들게 밭을 일궈 수확을 고대했지만 새싹이 겨우 나왔을 때 쫓기듯 떠나야 했다. 『플럼 시냇가』(3권)에서는 메뚜기 떼의 습격으로 농사를 망쳤다. 찰스는 구멍 뚫린 신발을 신고 320킬로미터를 걸어 품팔이를 나갔고, 남은 식구들은 개울에서 잡아 온 물고기만으로 몇 달을 연명했다. 『기나긴 겨울』(6권)에서는 폭설로 기차가 일곱 달 동안 끊겼다. 다락같이 오른 식료품을 미리 쟁일 돈이 없던 로라네는 문자 그대로 굶어 죽을 뻔했다.

내내 기아와 싸워 온 로라에게 남편 앨먼조의 어린 시절은 세상에 있을 성 싶지 않은 판타지였다. 『소년 농부』(5권)는 앨먼조의 이야기지만 로라는 부유한 농가의 식탁을 직접 겪은 것처럼 상세하게, 나아가 집요하게 묘사한다. 일요일도 아닌데 로스트포크와 호박파이를 먹고, 도시락으로 버터 바른 빵뿐 아니라 소시지, 도넛, 사과, 애플파이를 싸 가는 생활. 부모가 집을 비운 사이 아이스크림을 만든답시고 흥청망청 탕진한 설탕 여섯 컵은 로라네 온 식구가 겨우내 먹을 양이었다. 로라가 교회에서나 구경한 통돼지구이가 앨먼조네 크리스마스 식탁에는 당연한 듯 올라왔다. 무더위 속에 건초를 만들며 로라는 설탕, 식초, 생강을 넣은 우물물을 마시는 게 고작이었지만, 앨먼조는 우유, 계란, 설탕을 듬뿍 넣고 얼음까지 띄운 에그녹을 아침저녁으로 물리도록 마셨다.

︙

찬바람이 불면 가축을 도살해 겨울 식량으로 비축한다. 앨먼조네는 돼지 다섯 마리에 송아지까지 잡지만 로라는 겨우 돼지 한 마리다. 아침 일찍 불을 지피고 솥을 내건다. 내장을 빼고 부위별로 자른 고기를 끓는 물에 담갔다 꺼낸다. 한 김 나가면 큰 칼로 털을 쓱쓱 민다. 넓적

Little House on the Prairie

Mince Pie

Salt Pork

Crackling

Mincemeat

Pork Sausage

Sausage

Boston Baked Beans

Head cheese

다리는 소금, 메이플 슈거, 초석을 넣고 끓였다 식힌 물에 담갔다 훈제해 햄을 만든다. 심장, 간, 혀, 등뼈는 그대로 다락으로 올려 얼린다. 갈비는 오븐에 구워 저녁상에 올린다.

해 떨어질 무렵 남자들의 일은 끝난다. 하지만 여자들은 한 주 내내 분주하다. 살코기만 삶아 곱게 다져 건포도, 향료, 설탕, 식초, 다진 사과, 브랜디로 버무리면 민스미트mincemeat다. 바로 먹어도 맛있지만 한 달쯤 숙성시켜 민스파이를 만든다. 허드렛고기는 그때나 지금이나 소시지가 팔자다. 곱게 갈아 소금, 후추, 허브로 양념해 큼직한 완자를 빚는다. 훈제하지 않은 생 소시지는 포크버거나 동그랑땡에 가깝다. 꽁꽁 얼려두었다 아침마다 깍둑 썰어 볶는다. 삼겹살처럼 기름진 부위는 켜켜이 소금에 재서 통에 쟁인다. 이것이 솔트포크 혹은 화이트베이컨이다. 솔트포크는 냉장 기차가 1년 내내 신선한 고기를 공급하기 전의 시대를 풍미했다. 옷감에서 농기구까지 뭐든 파는 시골 만물상의 터줏대감에, 간단한 화폐 노릇도 했다. 찰스는 가게에 다녀올 때마다 설탕이나 홍차, 담배와 함께 솔트포크 사오는 것을 잊지 않았고, 앨먼조의 아버지 제임스는 품팔이 일꾼 프렌치 조와 레이지 존에게 삯으로 돈 대신 솔트포크를 내주었다.

바삭바삭하게 튀긴 솔트포크는 하루가 멀다 하고 아침 식탁에 올라왔고, 팬에서 따라낸 기름을 굳힌 드리핑dripping은 버터, 마가린, 쇼트닝, 식용유 역할을 했다. 영국 명물 피시앤드칩스는 전통적으로 드리핑으로 튀긴다. 『플럼 시냇가』에서 메기, 강꼬치, 그리고 이름 모를 생선

Mince Pie

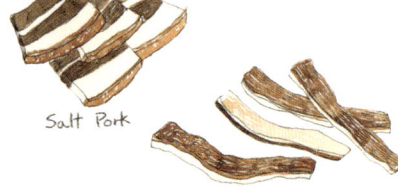
Salt Pork

Crackling

Mincemeat

을 튀긴 기름 역시 솔트포크 드리핑이었을 것이다. 솔트포크는 요리의 풍미를 돋우는 조미료 노릇도 했다. 『실버 호숫가』의 크리스마스 만찬에서 보스트 부인은 말한다. "이 토끼구이가 왜 이렇게 맛있는지 알아요. 잉걸스 부인이 얇게 저민 솔트포크를 올려서 구운 거예요." 고기나 야채를 볶을 때도 먼저 솔트포크부터 볶아 향과 맛을 더한다. 솔트포크는 베이크트빈baked beans을 만들 때도 대활약했다. 단백질이 부족한 개척자 가정 식탁에 이보다 중요한 요리는 없었다. 베이크트빈은 일곱 달의 모진 겨울 동안 로라를 따뜻하게 해준 요리고, 어린 앨먼조가 아버지를 따라간 박람회에서 숨 쉴 겨를도 없이 쑤셔 넣은 요리며, 로라가 신혼 첫 집들이 때 망친 요리기도 하다.

　돼지는 버릴 게 없는 동물이다. 머리도 푹 끓였다 잘 다져 양념해서 식히면 묵처럼 굳는데 이것이 헤드치즈로 다름 아닌 머릿고기 편육이다. 꼬리는 꼬챙이에 꿰어 아이들에게 쥐어 준다. 고사리손으로 온종일 화롯불 앞에 쪼그리고 앉아 구워서는 뼈까지 쪽쪽 빨아먹는다. 방광으로는 공을 만들고 내장에서 떼어 낸 기름도 버리지 않는다. 아주 작은 조각까지 모아 큰솥에 끓여 천에 걸러서 라드를 만든다. 그렇게 만든 라드로는 고기나 생선을 굽고, 파이나 케이크를 반죽하고, 도넛을 튀기고, 하다못해 빵에도 발라 먹었다. 거르고 남은 찌꺼기마저 버리지 않았으니 그것이 크래클링crackling이다.

　로라도 앨먼조도 크래클링을 양껏 먹지 못했다. 아이들에게는 너무 기름지다고 생각했기 때문이다. 어른은 괜찮다. 동트기 전 일어나 해질 때까지 일하다 추운 집에서 잠드는 생활에서 고칼로리는 오히려 장점이었다. 고된 노동으로 지친 몸에 짭짤하고 바삭바삭한, 그리고 무엇보다도 기름진 크래클링이 얼마나 기꺼웠을까! 크래클링은 그냥 집어 먹어도 맛있지만 자니케이크johnny-cake나 콘브레드의 맛을 돋우는 데에도 썼다.

Pork Sausage

Sausage

Boston Baked Beans

Head cheese

앨먼조는 1857년생이고 로라는 그로부터 10년 후 태어났다. 앨먼조는 송아지만 스물다섯 마리에 말도 여러 마리 키우는 부유한 농가의 아들이었지만, 로라는 양철 컵 하나를 언니와 나눠 쓰며 자랐다. 앨먼조가 왜 아버지의 안락한 농장을 떠나 서쪽으로, 그것도 하필 주민이 100명도 안 되는 작은 마을로 왔는지는 아무도 모른다. 어쨌거나 그들은 결혼했고, 두 세계는 겹친다.

그들의 새로운 세상은 순조롭지 않았다. 딸은 무사히 태어났지만, 아들은 이름도 짓기 전에 죽는다. 로라는 산후우울증에 시달리는가 하면 일시적으로 눈이 멀고, 앨먼조는 디프테리아를 앓다 다리를 절게 된다. 신혼 4년간 땅은 아무것도 주지 않았다. 우박이 떨어지고, 가뭄이 닥치고, 화재로 집은 불탄다. 하지만 그들은 계속 농부로 살기로 한다.

이야기는 여기서 끝난다. 하지만 삶은 계속된다. 로라와 앨먼조는 결국 신혼 생활을 시작한 마을 드 스메트를 버린다. 그리고는 미네소타로, 플로리다로 떠돌았고 다시 드 스메트로 돌아왔다가, 마침내 미주리 주 맨스필드에 정착한다. 록키릿지 농장에서 그들은 마침내 행복을 찾았다. 외동딸 로즈는 무럭무럭 자랐고, 당대 최고의 고료를 받는 여성 작가이자 영향력 있는 사상가가 되었다. 하지만 오늘날 로즈 와일더 레인을 기억하는 사람은 없다. 반면 예순다섯 살에 첫 책을 낸 로라 잉걸스 와일더는 70년 후에도 여전히 아이들에게, 그리고 어른들에게 사랑받고 있다.

"절대 두려워하면 안 돼." 찰스는 어린 딸에게 입버릇처럼 말했다. 그것은 틀림없이 스스로에게 하는 말이었을 것이다. 로라는 그 말을 단단히 가슴에 새겼고, 평생 용기를 잃지 않았다. 찰스가 기쁘거나 슬플 때 켜던 바이올린은 이제는 박물관이 된 록키릿지 농장에 전시되어 있다. 로라의 삶에 감동한 많은 팬들이 매년 그곳을 찾아가 어린 소녀의 용기를 기린다.

『초원의 집』 로라 잉걸스 와일더

'초원의 집' 시리즈는 로라의 삶을 바탕으로 쓴 이야기
다. 하지만 그녀는 많은 부분을 의도적으로 생략했고,
조금씩 바꾸기도 했다. 로라에게는 캐리와 그레이스
사이에 첫돌 전에 죽은 남동생이 있다. 『대초원의 작
은 마을』에서 찰스는 "내가 살아 있는 한, 우리 딸 중
아무도 호텔에서 일하는 일은 없을 것"이라고 말하지만,
1876년 아홉 살의 로라는 아이오와 주 버오크 소재의 한 호텔에서 접시를 나르고
침대를 정리하며 돈을 벌었다. 『실버 호숫가』에서 불독 책은 로라의 발치에서 아름
답고 감동적인 죽음을 맞는다. 하지만 사실 8년 전, 찰스는 말과 농지를 교환하며
책도 같이 팔아치웠다. 책으로는 『플럼 시냇가』에 해당되는 무렵이다.
로라는 생전 여덟 권의 시리즈를 냈다. 하지만 사후 로라와 앨먼조의 신혼 시절을
다룬 아홉 번째 권의 원고가 발견되었다. 초고를 쓴 지 한참이 지났어도 그녀는 그
글을 완성할 수 없었다. 왜냐하면 앨먼조는 이미 세상을 떠났고, 둘이 겪은 어려움
을 혼자 남아 돌이키는 것은 삶이건 글이건 견디기 힘든 일이기 때문이었다. 마지
막 권은 결국 1971년 로라가 죽은 지 10년 이상 지나, 다른 시리즈의 반의반밖에
안 되는 두께로 출간되었다.

나는 칼과 포크를 쓸 줄도 전혀 몰랐고,
메뉴 중 어떤 요리에 고기가 들지 않았는지
물어볼 용기도 없었다. 그래서 나는 한 번도 테이블에서
식사를 하지 못하고 언제나 객실 안에서 했다.
그리고 먹는 것도 주로 내가 가지고 온
단것과 과실들뿐이었다.

_마하트마 간디, 『간디 자서전 — 나의 진리 실험 이야기』 (함석헌 옮김, 한길사)

위대한 영혼과
영국식 아침 식사

1888년 9월 4일, 아직 마하트마가 아닌 모한다스 간디는 열 아홉 살 생일을 며칠 앞두고 영국 유학길에 올랐다. 열다섯에 아버지를 여읜 장남으로서 변호사가 되어 집안을 일으킬 포부였다. 그가 배에서 받은 첫 번째 영국식 아침 식사를 물린 것은 낯선 음식에 대한 거부감이나 제국주의에 대한 반발 탓이 아니다. 어머니는 아들을 외지로 보내며 세 가지를 멀리하겠다는 약속을 받아 냈다. 섹스, 술 그리고 고기다.

데빌드키드니devilled kidneys는 콩팥 요리다. 양의 콩팥에 밀가루, 소금, 케이언페퍼 가루, 겨잣가루를 묻힌다. 버터로 살짝 지져 우스터소스와 육수를 넣고 뚜껑을 덮어 걸쭉해질 때까지 조린다. 다 익으면 버터 바른 빵에 얹어서 먹는다. 매콤한 인도식 절임인 처트니를 넣기도 한다는데, 모한다스는 아마 그 사실을 몰랐을 것이다. 그리고 또 몰랐을 게 우스터소스의 기원이 인도라는 사실이다.

1830년대 인도 총독을 지낸 마커스 샌디스는 귀국 후에도 인도의 맛을 잊지 못했다. 그가 약사 존 리와 윌리엄 페린스에게 인도의 풍미를 재현하라는 명을 내려 만든 게 최초의 우스터소스다. 샌디스라는 이름의 총독은 없다며 이야기의 진실성에 의문을 제기하는 반론도 있지만, 어쨌거나 인도가 없었으면 우스터소스 또한 없었을 것은 확실하다.

간디 자서전을 처음 읽었을 때나 지금이나 나는 채식주의자가 아니다. 그리고 물론 위대한 영혼도 아닌 평범한 한국 소녀로서, 간디 대신 데빌드키드니를 먹고 싶어 몸살이 날 지경이었다. 아니, 아예 영국식 아침 식사를 막연히 동경했다. 아침부터 퍼질러 앉아 레몬이 아닌 우유를 넣은 홍차를 벌컥벌컥 들이켜며 우겨 넣는 기름지고 양 많은 아침밥, 이른바 '풀몬티full monty'가 맛없기로 유명한 영국 음식 중에서도 가장 악명 높다는 사실을 그때는 몰랐던 것이다.

풀몬티는 가볍고 산뜻하게 하루를 시작하는 것과는 거리가 멀다. 기본은 빵, 소시지, 베이컨, 계란, 마멀레이드다. 거기에 튀기거나 삶은 청어나 대구나 연어, 일종의 순대인 블랙푸딩이나 해기스haggis, 훈제 생선, 계란, 각종 인도 향신료를 넣고 지은 밥 케저리를 곁들인다. 흥이 나면 비둘기에서 돼지머리까지 각종 차갑거나 따뜻한 고기 요리를 곁들이지만 과일은 드물게만 나온다.

풀몬티는 19세기의 망령이다. 20세기 들어 영국식 아침 식사는 크게 간소화되는데, 건강에 대한 걱정보다는 제1차 세계대전으로 인한 물자 부족 때문이었다. 요즘은 시리얼, 커피, 담배가 영국인의 아침을 책임진다. 여전히 풀몬티를 즐기는 사람도 있지만 장어 파이나 데빌드키드니는 사양길에 접어들었고, 해시브라운과 베이크트빈이 빈자리를

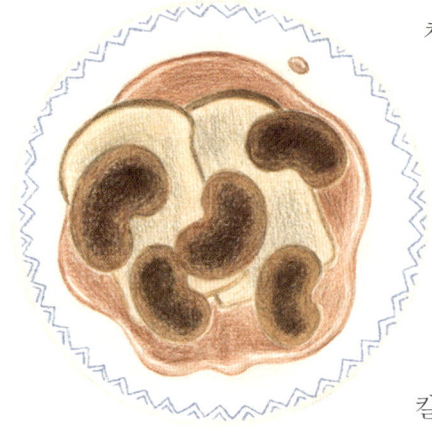

채웠다. 요새는 프렌치토스트도 나온
단다. 잉글리시 브렉퍼스트에 프렌
치토스트라니, 이상한지 재미있
는지 모르겠다. 더 재미있는 것은
19세기에 인도를 정복한 영국이
21세기에는 인도에게 정복당했다
는 사실이다. 하지만 인도의 무기는
칼과 총이 아니라 커리다.

인도에는 카레도 커리도 없다. '커리'는 인도어 '카리'를 영국에서 얼
버무린 말로 원래는 소스라는 뜻이다. 하지만 영국에서는 고기와 채소
를 '커리 가루'를 넣어 뭉근하게 끓인 것을 커리라고 부르며, 인도를 제
외한 다른 모든 나라에서도 그렇다. 심지어 인도 요리를 몽땅 커리로
뭉뚱그리기도 한다.

인도인이 영국에 본격적으로 들어온 것은 17세기부터다. 동인도회
사는 수천 명의 인도 선원과 노동자를 고용했고, 간디처럼 유학 오는
인도인도 많았다. 하지만 인도 여자는 극히 드물었고, 영국에 온 인도
남자 상당수가 영국 여자와 결혼했다. 한편 인도 총독부의 관료 및 군
인 중 일부는 현지 여자와 결혼해 혼혈 자녀들을 데리고 귀국하기도 했

다. 혼혈인들은 배타적 커뮤니티를 만들기보다는 영국 사회에 동화되었다. 그러다 보니 전통 음식을 곧이곧대로 고집하는 대신 인도 향신료와 향초를 사용해 영국 전통 요리를 변형시키는 경향이 있었다. 대표적인 게 케저리, 커리 가루로 끓인 수프 멀리거토니, 그리고 간디가 물린 데빌드키드니다.

귀국한 영국 귀부인 중에도 인도의 맛을 못 잊고 집에서 재현하는 여성들이 적지 않았다. 그중 몇은 요리책도 썼는데 1747년 출간된 해나 글래스의 『요리 예술 The Art of Cookery』은 영국에서 출간된 최초의 인도 요리책이다. 첫 인도 식당은 1810년 동인도회사의 선장 출신인 사케 딘 모하메드가 연 힌두스탄 커피하우스였지만 1년 후 문을 닫았다. 하지만 이후 인도 식당이 점점 늘어났는데 이는 인도계 인구의 증가 때문만은 아니었다. 맵고, 짜고, 달고, 시고, 가끔은 쌉쌀하기까지 한 인도 음식이 영국인의 입맛을 사로잡은 것이다.

19세기에는 중산층까지 인도 음식에 맛을 들이게 되었다. 빅토리아 여왕이 인도인 요리사를 둔 것을 비롯해 어지간한 만찬 자리에는 커리가 빠지지 않았다고 한다. 윌리엄 새커리는 커리에게 바치는 시를 짓는가 하면 대표작 『허영의 도시』에도 등장시키는 형편이었다. 하지만 1857년

동인도회사 인도 용병의 영국에 대한 항쟁으로 커리 열풍도 수그러드나 싶더니, 빅토리아 여왕의 인도 황제 즉위로 다시 살아났다.

인도 요리는 원래 몇 시간씩 끓여야 한다. 하지만 주로 가난한 이민자들이 이용하던 식당에서는 주문해서 나올 때까지 오래 걸리지 않을 방법을 찾아야 했다. 1940년대에 그 답으로 등장한 게 커리하우스다.

커리하우스의 메뉴는 엄청나게 길다. 모든 종류의 커리에 고기, 생선, 새우, 야채 등 모든 종류의 건더기가 가능하고, 매운 맛도 여러 단계로 조절할 수 있다. 그 비결은 커리 종류에 상관없이 동일한 베이스를 사용하는 데 있다. 양파, 마늘, 생강을 볶고 경우에 따라 클로브, 시나몬, 카르다몸, 칠리, 페퍼콘, 큐민, 겨자씨를 넣는다. 고수 씨앗을 갈아 넣어 걸쭉하게 만들고, 색을 내고 소화도 잘 되라고 터메릭도 첨가하며, 토마토와 피망도 흔히 사용한다. 이런 식으로 큰 냄비 하나 가득 만들어 두고, 깍둑썰기 한 고기, 감자, 콩, 야채에 커리 가루를 살짝 뿌려 냉장 보관한다. 주문이 들어오면 건더기와 베이스를 팬에 볶다가 향신료를 더 넣어 완성한다.

2001년 외무부 장관 로빈 쿡은 치킨 티카 마살라야말로 영국의 진정한 국민요리라고 선언했다. 치킨 티카 마살라는 영국뿐 아니라 전 세계 인도 식당에서 가장 인기 있는 요리로, 그 원형은 토막 낸 닭을 요거

트와 각종 향신료에 재어 구운 인도 요리 치킨 티카다. 여기에 토마토와 크림으로 만든 소스를 듬뿍 뿌리면 치킨 티카 마살라가 된다. 델리의 이름 없는 요리사가 처음 만들었다지만, 영국 글래스고의 인도인 요리사가 만들었다는 설도 있다.

쿡은 이민자 때문에 영국의 정체성이 위기에 빠졌다는 주장에 맞서 다문화적 영국을 옹호했다. 치킨 티카 마살라가 국민요리인 것은 영국이 외부 영향을 흡수해 적응하는 방식을 완벽하게 보여주기 때문이다. 인도 요리 치킨 티카에 마살라 소스를 더해서, 고기를 소스와 먹는 영국인의 전통에 적응한 것이다. 쿡은 영국이 자부심을 가져야 하는 것은 과거가 아닌 현대라고 주장했다. 그것은 다인종사회라는 현실이다.

간디가 이 연설을 들었다면 뭐라고 했을까? 과연 커리를 먹는 것보다 더 평화적인 비폭력 투쟁이 있을까? 실은 데빌드키드니 역시 인도와 영국이 화합된 요리다. 영국인은 인도에 정착해서도 고기를 즐겨 먹는 습성을 버리지 않았다. 인도인 요리사들은 남은 고기를 인도 향신료를 사용해 보존했는데, 거기서 이 매콤한 요리가 탄생한 것이다. 물론 그 화합은 평등하지 않다. 데빌드키드니는 분명 영국의 식민 지배에서 탄생한 음식이었다. 비슷한 논리로, 영국인의 커리 사랑은 인도 지배에 대한 향수라는 지적도 있다. 그것은 아마 옳은 지적일 것이다. 하지만 커리가 이미 영국 음식이라는 것 역시 분명한 사실이다.

2009년 11월, BBC 인터넷 판의 커리 특집 기사에는 결코 인도계가 아닌 이름의 독자 의견이 줄줄이 달렸다. 자기 아버지가 커리를 발명한 줄로만 알았다는 사람이 있는가 하면, 대학 시절 처음 먹어 보고는 한 동안 매끼 커리만 먹었다는 사람도 있고, 우연히 길에서 사 먹은 커리가 돌아가신 어머니가 해주신 것과 똑같아 왈칵 눈물이 나왔다는 사람까지 있다. 영국인에게 커리는 현재의 삶인 것은 물론, 이미 과거의 추억 자리까지 차지한 것이다. 맵고, 짜고, 달고, 시고, 쓰고. 커리가 그렇듯 인생도 그렇다.

『간디 자서전-
나의 진리 실험 이야기』

마하트마 간디

내가 어렸을 때 읽은 간디 전기는 어린이용 위인전
집의 한 권이었다. 짐작컨대 제대로 된 전기가 아
니라 간디의 자서전 『나의 진리 실험 이야기』에서
적당히 발췌해 편집한 책이었을 것이다. 2002년 한길사판 번역본에는 간디가 영
국행 배에서 거부한 음식이 무엇인지 구체적으로 나오지 않는다. 하지만 내가 읽은
어린이 위인전에서는 버터 콩팥구이였다. 편집자가 대충 지어낸 것인지, 아니면 원
래 있었던 것인지는 원본을 구하기 전에는 알 길이 없다. 하지만 사실이라면 그것
은 틀림없이 데빌드키드니였을 것이다.

이 책은 어린 시절부터 1920년대까지의 삶을 다루고 있다. 하지만 그의 실제 삶은
어린이용 위인전은 물론 자서전과도 조금 달랐던 모양이다. 예를 들어 간디는 자서
전의 재판을 확보하기 위해 초판을 모두 사버렸다고 한다. 또한 인간적 결함들과는
별개로 정치적 입장에서도 여러 복잡한 행보가 있었다. 이런 이야기들은 당연히 자
서전에 나오지 않는다.

하지만 우리가 보다 객관적인 전기를 놔두고 굳이 자서전을 읽는 것
에는 이유가 있다. 세상은 물론 객관적 현실로 존재하지만 이에 대
한 해석은 사람마다 각각이다. 다른 사람이 해
석한 세상을 보는 것은 언제나 흥미롭다. 특히
아주 유명한 사람이, 내가 이미 '객관적'으로
아는 내용을 아전인수로 해석하는 모습을 엿보
는 것에는 조금은 야비한 즐거움이 있다.

사육사들이 줄지어 있는
우리를 지나가는데 요란한 소리가 들렸다.
"날 죽이려는 게냐! 이딴 게 식사라고?
부실한 고기 한 덩이에 양배추 두어 쪽이라니!
요크셔푸딩은 없는 게냐?"

_파멜라 린든 트래버스, 『우산 타고 날아온 메리 포핀스』

동물원의 푸딩

『메리 포핀스』는 괴상하다. 과자가게 할머니는 자기 손가락을 대뜸 부러트리더니 아기들에게 먹인다. 하지만 환상적이다. 메리와 버트는 길바닥에 분필로 그린 그림 속으로 소풍 가서 산딸기 잼 케이크를 먹는다. 그리고 낭만적이다. 별똥별이 떨어진 빨간 암소는 달을 뛰어넘었다. 뿔에서 별을 떨쳐내 끝없이 춤추는 운명에서 벗어나기 위해서다. 하지만 그 설렘을 잊을 수 없어서 지금은 다시 별을 찾아 헤매고 있다. 가끔은 애잔하기도 하다. 성당 계단에서 새 모이를 파는 여인은 누구의 무슨 말에도 한결같이 답한다. "한 봉지 2펜스."

메리는 이상한 유모다. 마님 앞에서도 콧방귀를 뀌어 가며 휴가니 뭐니 자기 마음대로 챙긴다. 다른 하인들처럼 아이들을 아가씨, 도련님 하며 떠받드는 대신 날마다 짜증 내고 윽박지르며 성질을 부린다. 입만 열면 자기 자랑이고, 기분 나쁠 때마다 화풀이다. 그녀의 관심사는 예쁜 옷과 맛있는 음식, 그리고 자기 자신뿐이다. 어쩌다 산책이라도 나갔다 치자. 쇼윈도마다 들여다보며 자아도취에 빠지느라 아이들은 뒷전이다.

나는 사랑에 빠졌다, 계단 난간에 우아하게 걸터앉아 (내려가는 게 아니라) 올라오는 메리와 만난 순간. 뱅크스 가의 아이들도 그랬다. 우산 타고 날아온 유모가 가방에서 꺼낸 약병은 첫날부터 아이들을 휘어잡았다. 분명 똑같은 병인데 제인에게는 딸기 아이스크림, 마이클에게는 라임 코디얼, 존과 바버라에게는 우유, 그리고 메리에게는 럼 펀치가 나온다. 달고, 시고, 고소하고, 알딸딸하기까지 한 마법의 병이다.

이 신기한 유모와 함께라면 장보기도 모험이다. 메리는 지금껏 본 적 없는 이상한 가게로 아이들을 데려갔다. 그곳은 아주 좁고 칙칙했으며, 허름한 선반에는 말라비틀어진 과자들이 진열되어 있었다. 메리는 생강 빵 열두 개를 주문했고 덤으로 한 개를 더 받았다.

그녀가 산 생강 빵은 크리스마스트리에 매다는 진저브레드맨쿠키와는 매우 다른 물건이다. 생강 빵은 중세까지 거슬러 올라가는 유서 깊은 빵이다. 밀가루, 생강, 사과나 건포도에다 그 비싼 향신료를 당밀로 반죽해 굽고 거기에 금박 이파리를 붙이면 귀족들이나 주고받는 귀한 선물이었다. 하지만 영국의 인도 점령으로 향신료 값이 극적으로 하락하며 흔한 주전부리가 되었다. 더 이상 사치품이 아니지만 치장하는 습관은 여전했나 보다. 침침한 진열장에 늘어선 목침 같은 빵 덩어리들 하나하나에는 금종이로 만든 별이 반짝이고 있었다. 사람으로, 꽃으로, 찻주전자로, 아이들은 그 믿을 수 없을 만큼 맛있는 빵을 조금씩 갉아 모양을 만들며 전부 먹어치웠다. 남은 건 별뿐인데 과자가게 할머니가 밤에 몰래 가져가서는 사다리를 놓고 하늘에 붙였다.

메리의 생일과 보름달이 겹치는 마법의 밤이 왔다. 낯선 목소리에 이끌려 간 동물원 우리에는 인간들이 갇혀 있다. 동물들은 밖에서 구경하다 때가 되면 인간에게 먹이를 준다. 아기들은 우유병을, 큰애들은 스펀지케이크와 도넛을 받는다. 할머니들은 버터 바른 얇은 빵과 통밀 스콘이고, 실크해트를 쓴 신사들은 양고기 커틀릿에 커스터드다. 다들 먹느라 바쁜데 딱 한 명, 어디서 많이 본 듯한 아저씨가 요크셔푸딩을 내놓으라고 고래고래 소리를 지른다. 옆집 붐 제독이다.

푸딩은 아가씨만의 것이 아니다. 아저씨에게도 푸딩을 먹을 권리가 있다. 그런데 붐 제독이 요구한 요크셔푸딩은 달콤하고 보드라운 계란찜이 아니다. 라틴어 보텔루스botellus가 프랑스어 부댕boudin이 되었다가 오늘날의 푸딩pudding이 되었는데, 원래는 소시지를 뜻하는 말이다. 로마인이 동물 내장에 고기, 피, 향신료를 채워 삶아 먹은 게 푸딩의 기원이다.

17세기 초 푸딩클로스pudding cloth의 발명은 푸딩의 역사에 새 장을 열었다. 도살 철에만 구할 수 있는 내장 대신 헝겊을 사용하면서 1년 내내 푸딩을 먹을 수 있게 된 것이다. 19세기까지도 오븐이 있는 집은 드물었다. 솥에 다른 요리를 하는 김에 덩달아 삶는 푸딩은 영국 서민의 식생활에서 빼놓을 수 없는 것이 되었다. 달콤한 푸딩이 등장한 것은 19세기의 일이다. 이때부터 푸딩은 메인 요리가 아닌 디저트 대접을 받

앉고, 그러다 아예 주객이 전도되었다. 이제 영국에서는 케이크나 타르트 등 디저트류를 모두 싸잡아 푸딩이라고 부른다.

요크셔푸딩은 17세기에 등장했다. 그 정체성은 기름, 그것도 동물성 기름이다. 로스트비프를 구울 때면 팬을 받쳐 기름을 모은다. 그 팬에 미리 재워 둔 계란, 우유, 밀가루 반죽을 굽는다. 요즘은 식용유나 버터를 사용하는 게 보통이다. 중요한 것은 기름이 담긴 팬을 오븐에서 미리 데우는 것이다. 연기가 날 정도로 달군 후 반죽을 붓는다. 반죽이 노릇노릇 부풀어 오르면 꺼낸다. 얼마나 잘 부풀어 올랐는가야말로 요크셔푸딩의 성패를 가늠하는 척도다. 2008년 영국 왕립화학협회RSC는 높이 4인치 이하는 감히 요크셔푸딩으로 불릴 자격이 없다고 선언했다.

요크셔푸딩 반죽에 소시지를 넣어 구우면 인기 있는 안주가 된다. 이름 하여 '구멍 속 두꺼비Toad in the Hole'다. 이 범상치 않은 이름에 대해서는 의견이 분분하다. 소시지가 툭 튀어나온 모양새가 구멍에서 머리를 내민 두꺼비처럼 보여서라는 얘기가 있고, 고기가 부족하던 중세에 두꺼비 고기를 푸딩에 넣은 데에서 유래했다는 의견도 있다. 어떤 사람들은 원래 이름은 '구멍 속 똥Turd in the Hole'이었다고 말하기도 한다. 하긴 소시지가 두꺼비보다는 똥 비슷해 보이는 건 사실이다.

요크셔푸딩은 돼지 피로 만드는 블랙푸딩과 함께 18~19세기 영국

해군의 식단을 책임졌다. 그때만큼은 아니지만 영국 사람들은 여전히 요크셔푸딩을 먹고, 미국에서도 팝오버_{popover} 혹은 영국식 발음 '포포버'로 불리며 사랑받는다. 포포버는 메인 요리가 아니라 디저트로 머핀 틀에 구워서 휘핑크림과 과일을 곁들여 먹는다.

⁝

붐 제독은 끝내 요크셔푸딩을 받지 못했다. 밤의 동물원은 마법의 세계이기 때문이다. 그곳에서는 돈깨나 있는 퇴역 장성의 권위가 일개 유모에 미치지 못한다. 얌전히 갇혀 주는 대로 먹는 수밖에 없다. 하지만 제인과 마이클은 메리와 함께 마법 퍼레이드에 참가한다. 어른들과 달리 아이들은 마법 세계에 반쯤은 발을 걸친 존재기 때문이다. 아이들은 언제나, 안전하지만 지루한 현실보다는 위험하지만 흥미로운 판타지를 선택하고, 그러기에 판타지 역시 아이들에게 위엄을 부여한다.

그 권위는 진짜가 아니다. 이 책은 처음부터 끝까지 거짓말이다. 제인과 마이클이 메리의 허풍에 놀아난 건 순진해서가 아니다. 자기네 유모가 요정이고, 동물원의 제왕 킹코브라의 사촌이며, 바람과 햇살과 까마귀의 말을 알아들으며, 플레이아데스 성단의 별과 절친하다고 생각하는 쪽이, 어디서나 볼 수 있는 하층계급 여성인 것보다 훨씬 멋지기 때문이다.

판타지를 등지고 현실과 맞설 날이 그리 멀지는 않을 것이다. 왜냐하면 그 아이들은 은행가의 아들딸이기 때문이다. 마이클은 조만간 기숙학교에 입학할 것이고, 제인은 바람직한 결혼 생활을 위한 숙녀 교육을 받기 시작할 것이다. 아이들이 봄 제독의 세계로 들어가는 순간 유모는 고단한 노동계급 여성으로 보일 수밖에 없다. 그러면 깨달을 것이다. 메리가 틈만 나면 거울을 본 건 자아도취가 아니었다는 것을. 얼마 안 되는 급료를 아껴서 산 싸구려 구두와 모자와 우산이 신경 쓰였던 것이다.

거짓 위에 구축된 세계는 영원할 수 없다. 메리는 떠난다. 그녀가 우산을 타고 날 수 있다고 아이들이 아직 믿고 있을 때 가 버린다. 전 재산이 들어 있는 양탄자 가방을 꼭 쥐고, 엄마를 두들겨 패는 남동생과 주정뱅이 아버지가 있는 현실로 또각또각 걸어갔다.

『메리 포핀스』 <small>파멜라 린든 트래버스</small>

왼손에는 큼직한 헝겊 가방, 오른손에는 활짝 펴든 앵무새 모양 손잡이 우산. 샛바람 타고 날아와 하늬바람 타고 돌아간 메리 포핀스, 책은 안 읽었어도 모두 다 안다. 하지만 아무도 모르는 사실들도 있다.

메리 포핀스는 한 권으로 끝나지 않는다. 파멜라 린든 트래버스는 1934년부터 1988년까지 총 여덟 권의 시리즈를 냈다. 또한 초판 일러스트를 맡은 메리 셰퍼드는 어니스트 셰퍼드의 딸인데, 그게 누구냐면 바로 곰돌이 푸를 그린 삽화가다. 메리 포핀스는 영화와 TV 시리즈, 뮤지컬로도 숱하게 만들어졌는데, 가장 유명한 것은 디즈니의 1964년 영화로 줄리 앤드루스가 주연을 맡았다. 그녀가 아카데미 여우주연상을 받은 것은 「사운드오브뮤직」의 마리아로서가 아니라 이 영화의 메리 역이다.

변하지 않는 삶은 잿빛이다. 그래도 살 수 있지만 그러고 싶진 않다. 그래서 호기심은 중요하다. 특히 요긴한 것보다는 쓸데없는 것일수록 더 북돋워야 한다. 왜냐하면 유익한 것은 안 그래도 충분히 탐구하고 있으니까. 사소한 것들을 집요하게 추적하는 모험의 나날.

모

험

가

의

식

탁

하지만 케이크는 부풀어 올랐고,
황금 거품처럼 가볍고 폭신한 모습으로 오븐에서 나왔다.
앤은 기쁨으로 뺨을 붉히며 층층이 루비 젤리를 발랐다.
…… 앨런 부인은 아무 말 없이 계속 씹어 삼켰다.
그 표정에 마릴라는 서둘러 케이크 맛을 보았다. "앤 셜리!"
그녀는 외쳤다. "너 케이크에 도대체 뭘 넣은 거니?"

_루시 모드 몽고메리, 『빨간 머리 앤』

초록 지붕 집의
빨간 머리 살인마

사람 대하는 게 힘들어 교회도 못 가는 매슈와 첫사랑에 실패한 후 마음의 문을 닫은 마릴라. 남매는 평생 서로 의지하며 살았다. 매슈는 밭에서 죽어라 일하고, 마릴라는 흘린 걸 주워 먹어도 될 정도로 깔끔하게 집을 관리하고. 하지만 슬슬 나이가 들어 허리도 아프고 눈도 침침하단 말이지. 밭일을 거들게 할 요량으로 고아를 데려오는데 원하던 남자아이 대신 여자아이가 등장한다.

앤 이전과 앤 이후, 초록 지붕 집은 다른 세상이 되었다. 왜냐하면 마릴라에게는 지루하고 평범한 것들이 앤의 눈에는 그렇지 않기 때문이다. 초록 지붕 집의 일상이 얼마나 흥미롭고 아름다운지 얘기하느라 그 애의 혓바닥은 잠시도 쉬지 않는다. 거기다 덜렁대기는 또 얼마나 덜렁대는지! 공부는 곧잘 해도 살림에는 도통 소질이 없는데 특히 요리를 싫어한다. 모든 걸 규칙대로 해야 하니 상상의 여지가 없다나. 뭐라? 이것이 케이크 반죽에 딴것도 아니라 밀가루를 빼먹고, 기껏 다 구워진 파이를 오븐에서 안 꺼내 숯검정으로 만들고, 푸딩 소스 뚜껑 덮는 걸 깜빡해 쥐가 빠져 죽게 만든 아이의 입에서 나올 소린가! 하지만 앤이

케이크 굽기를 자청하는 날이 오니 해가 서쪽에서 뜬 게 아니다. 그녀가 숭배해 마지않는 목사 내외를 마릴라가 초대한 것이다.

그런데 케이크란 녀석은 성정이 비뚤어져서 큰일이니, 특별히 맛있어야 할 날일수록 망쳐지기 예사다. 앤은 머리 대신 커다란 케이크가 달린 괴물에게 쫓기는 꿈에 시달리다 동이 트기도 전에 깬다. 그러고는 나사 풀린 정신머리에 감기까지 걸린 몸으로 악전고투 끝에 케이크를 간신히 오븐에 넣는다. "이번에는 아무것도 안 빼먹었어요. 하지만 제대로 부풀어 오를까요?" 마릴라는 무심하게 대답한다. "딴것도 넉넉하니까."

'넉넉하다'는 것은 구체적으로 이런 뜻이다. 젤리는 빨강 노랑 두 가지에 쿠키가 세 종류, 생크림을 얹은 레몬파이에다, 온 에이번리에 소문이 짜한 마릴라표 황매 조림도 빠지지 않는다. 베이킹파우더 비스킷은 따끈해야 제맛, 손님들이 들이닥치기 직전에 구울 예정이다. 빵도 새로 구웠지만 묵은 것도 준비했다. 목사님이 소화불량이라 새 빵을 못 먹을 경우까지 꼼꼼하게 대비한 것이다. 그러고도 과일케이크에, 파운드케이크에, 만일 성공한다면 앤의 레이어 케이크까지.

마릴라는 목사 내외를 초대하며 에이번리의 그 어떤 주부에게도 지지 않겠다고 결심했다. 그녀는 물밑에서 경쟁심을 불태우는 성격이었던 것이다. 하지만 물색 모르는 앤의 케이크가 마릴라의 야심을 한 방에 수포로 만들었다.

"요리법에 있는 것 말고는 아무것도 안 넣었어요." 앤은 흐느꼈다. "향

료는 뭘 썼지?" 마릴라는 추궁했다. "바닐라요."

바닐라는 샤프론 다음으로 비싼 향료다. 원산지는 멕시코인데, 토토낙족 신화에 따르면 신분이 다른 남자와 사랑의 도피를 감행한 공주가 처형된 핏자국에서 처음 자라났다고 한다. 앤이 들었으면 꽤나 열광했을 얘기다. 바닐라가 유럽으로 전래된 건 1520년대다. 멕시코를 침공한 코르테스가 초콜릿과 함께 가져왔는데, 멕시코 밖에서는 재배할 수 없어서 수입에만 의존해야 했다.

바닐라의 비밀을 밝히려면 100년 이상 기다려야 했다. 1836년 멕시코에서 벨기에 식물학자 샤를 모랑이 커피를 마시고 있었다. 그런데 웬 검은 벌이 바닐라 꽃을 들락날락하는 것이다. 몇 시간 후 꽃봉오리가 다물어지고, 다시 며칠이 지나자 바닐라 꼬투리가 생겼다. 그 벌의 이름은 멜리포나다. 바닐라가 멕시코 밖에서는 재배되지 않는 것은 멜리포나에 의해서만 자연 수분이 이뤄지기 때문이었다. 그렇다면 답은 인공수분이다.

모랑의 발견으로 온 유럽이 바닐라 인공수분에 도전했다. 마침내 성공한 것은 1841년 유럽 끄트머리 마다가스카르 동쪽의 프랑스령 레위니옹 섬에서였다. 그 위대한 혁신자는 놀랍게도 열두 살짜리 노예 소년 에드몽 알뷔였다. 하지만 한 푼도 득을 못 본 건 물론이고, 노예 처지에서 벗어나지도 못했다. 그로부터 7년 후, 프랑스가 식민지의 노예제도를 폐지하며 알뷔는 비로소 자유의 몸이 되었지만, 허드렛일을 전전하다 절도죄로 투옥된 끝에 가난 속에서 죽었다. 가느다란 유리 막대와 엄지손가락을 사용하는 알뷔의 인공수분법은 여전히 사용되고 있으며, 마다가스카르는 21세기에도 전 세계 바닐라의 반 이상을 생산하고 있다.

바닐라는 재배에도 가공에도 징그럽게 손이 간다. 꽃은 딱 하루 동안 피는데, 그나마 열두 시간 안에 수분되지 못 하면 시들어 떨어진다. 꽃이 피는 데 걸리는 시간도 제각각이라 매일 확인하는 수밖에 없다. 간신히 꼬투리가 맺혔다 치자. 수확의 기쁨을 누리려면 열 달이나 기다려야 하는데 이번에는 익는 시기가 각각이다. 다시 날마다 눈에 불을 켜고 끄트머리가 노래졌나 살펴야 한다.

생각만으로도 피곤하지만 수확 후에는 다시 몇 달의 후숙 과정이 이어진다. 일단 죽인다. 즉, 뜨거운 물에 담가 성장조직의 당 및 아미노산 소비를 중단시킨다. 다음은 땀을 낸다. 모직물로 감싼 바닐라 콩에 날마다 한 시간씩 볕을 쪼이고 밀폐된 나무 상자에 보관하기를 반복하는 것을 말한다. 열흘 후 실내의 나무 선반에 펼쳐서 서너 주 말렸다가 상자에 넣고 봉인해 다시 몇 달간 숙성시킨다. 마지막으로 하나하나 선별해 등급을 매기고 파라핀지로 포장한다. 전문가는 꼬투리째 요리에 사용하지만, 가정에서는 보통 갈아서 설탕, 녹말과 섞은 바닐라파우더나,

알코올 수에 추출해 숙성시킨 바닐라 엑스트랙트를 쓴다.

천연 바닐라의 향기는 복합적이다. 바닐린을 필두로 200가지 이상의 휘발성 화합물에서는 나무, 꽃, 풀, 담배, 말린 과일, 정향, 꿀, 캐러멜, 사향, 하다못해 연기에 흙에 버터 냄새까지 난다. 반면 합성 바닐라의 향은 오로지 바닐린에만 의존한다. 그래도 가격이 100분의 1인데 별수 있나. 시판 바닐라 식품, 음료, 화장품에는 대개 합성 바닐라를 사용한다. 2003년 미국의 요리잡지 『쿡스일러스트레이티드』의 시험 결과, 참가자들은 천연 바닐라와 합성 바닐라를 구별 못했다고 한다. 하지만 바닐라 아이스크림만은 천연 바닐라를 쓴 쪽이 압승했다.

합성 바닐라는 19세기 말 상업화되었다. 『빨간 머리 앤』이 나온 건 1908년이니 초록 지붕 집의 부엌에 있던 게 천연 바닐라인지 합성인지는 알 길이 없다. 아무럼 어떤가, 앤의 케이크에 들어간 건 바닐라가 아니라 마릴라가 빈 바닐라 병에 담아 둔 진통제였으니, 더구나 그것은 내복약이 아니라 외용약이었다. 그러니까 앤은 물파스 케이크를 구운 것이다. 잊을 수 없는 끔찍한 맛이었을 것이다. 하지만 문제는 따로 있다. 물파스의 주성분인 살리실산메틸은 몸속에서 가수분해 되어 메탄올을 생성한다. 그리고 메탄올은 간에서 산화되어 독성이 큰 포름알데히드가 된다.

루시 모드 몽고메리의 손녀 케이트 맥도널드가 낸 『빨간 머리 앤 요리책The Anne of Green Gables Cookbook』에 의하면 레이어 케이크에 들어가는 바닐라 양은 두 티스푼이다. 그 정도로 설마 죽지야 않겠지만 사람일이 알 게 뭐람. 평소 하던 대로 덜렁거리다 왕창 쏟아 부었다면 어땠을까. 앤은 프린스에드워드 섬을 뒤흔든 빨간 머리 살인마가 되었을 테고, 덩달아 소설 장르도 스릴러로 바뀌었을 것이다. 다행히 당시 근육통에 바르던 진통제의 주성분은 살리실산메틸이 아니라 녹나무 추출물인 장뇌였다. 거기에 고추 추출물이나 가문비나무 오일 정도가 더 들어갔으니 진통제를 먹고 죽기는 힘들다. 기껏 해야 맛이 고약한 게 전부였을 것이다.

　　앤은 살인마로 역사에 남는 일 없이 무사히 어른이 되었다. 키가 훌쩍 컸고, 린드 부인도 흠잡지 못하는 비스킷을 굽게 되었으며, 퀸 학교에 수석 합격했다. 그토록 염원하던 퍼프 소매 드레스 차림으로 시를 낭송하는 모습을 보다가 마릴라는 시선을 돌렸다. 앤이 초록 지붕 집에 처음 도착한 날이 떠올랐기 때문이다. 글썽거리는 눈으로 잔뜩 겁에 질린, 말도 안 되는 황갈색 옷을 입은 아이가. 나도 그 엉뚱한 소녀가 그립다. 나중에 길버트와 결혼해 여섯 아이의 어머니자 온 마을의 칭송을 받게 된 현숙한 여인은 내가 아는 그 아이가 아니었다.

『빨간 머리 앤』 루시 모드 몽고메리

양 갈래로 딸은 당근 머리에 녹색과 회색이 섞인 눈, 주근깨투성이 뺨과 뾰족한 턱. Anne이 Ann보다 멋지다는 주장을 납득하는 사람이라면 이 소녀의 매력에서 헤어날 수 없다. 출판된 지 100년이 더 지났지만 책의 인기는 여전하다. 어린 소녀들은 모두 앤을 읽고, 어른이 되고 나서도 절대 잊지 않는다.

앤 시리즈는 한국에서 『빨간 머리 앤』으로 널리 알려진 1권『그린게이블스의 앤』이 전부가 아니다. 어린 고아 소녀는 아홉 권의 책 속에서 퀸 학교를 졸업하고, 에이번리에서 교편을 잡고, 레드먼드 대학을 졸업하고, 길버트와 결혼하고, 첫 아이를 낳자마자 잃고, 여섯 아이를 더 낳고, 제1차 세계대전에서 다시 한 아이를 잃는다. 그 밖에도 에이번리 사람들이 등장하는 단편집이 두 권 더 있는데 앤도 지나가는 사람 수준으로 출연해 깨알 같은 재미를 준다.

에이미는 왔다 갔다 여섯 번의 끔찍한 시간을 보냈다.
그녀의 주저하는 손에서 저주 받은,
너무나 통통하고 촉촉해 보이는 라임들이 한 쌍씩 떨어졌다.
그때마다 여학생들은 탄식했고 길거리에서는
아일랜드 꼬마들이 지르는 환성이 들렸다.

_루이자 메이 올콧, 『작은 아씨들』

라임피클을
쫓는 모험

고아 소녀가 대학에 간다. 수업은 즐겁고 죽어라 노력해 성적도 좋다. 문제는 쉬는 시간이다. 다른 애들이 하는 말을 도통 알아들을 수가 없다. 제루샤 애벗 양은 키다리 아저씨에게 편지를 썼다. "『작은 아씨들』을 안 읽은 건 온 학교에 저 혼자예요. 조용히 나가서 책을 사왔습니다. 다음에 또 소금에 절인 라임 얘기가 나오면 무슨 소린지 알겠죠." 나는 고아원에서 자라지 않았고, 『작은 아씨들』도 읽었다. 그렇지만 소금에 절인 라임이라니, 그런 건 듣도 보도 못했다.

내가 『작은 아씨들』을 읽은 것은 출판사건 독자건 저작권 개념이 희미하던 시절이다. 그 무렵 번역서들은 문제가 많았다. 실수로 틀린 데야 그렇다 치자. 엿장수 마음대로 뺄 건 빼고 줄일 건 줄이는가 하면, 가끔은 옮긴이나 편집자가 멋대로 끼어들어 주인공의 심정을 주절주절 해설하기도 했다. 내가 읽은 판본의 옮긴이는 소금에 절인 라임 얘기가 중요하지도 재미있지도 않다는 판단을 한 것 같다. 라임 이야기가 무슨 소리인지는 어른이 되어 다른 번역본을 읽은 후에야 알 수 있었다.

⋮

　학교에서는 언제나 무언가 유행한다. 입은 채 꿰맨 것 같은 바지라든가, '삼디다스 쓰레빠'라든가, 공기놀이라든가. 뜬금없이 나타났다 바람같이 사라지는 쓸데없는 것들에 부모나 선생들은 혀를 차지만 아이들은 목숨을 건다. 에이미네 학교에서 라임은 단순한 주전부리가 아니었다. 그것은 일종의 화폐고 신분의 상징이었다. 아이들은 소금에 절인 라임을 연필, 구슬 반지, 종이인형과 교환했다. 좋아하는 아이와는 나눠 먹고, 싫어하는 아이 앞에서는 약을 올렸다. 라임을 가져온 아이의 인기는 수직으로 상승하는 한편, 얻어먹는 아이는 비굴하게 눈치만 살폈다. 라임을 가져온 아침 하늘 높은 줄 모르고 치솟은 에이미의 위신은, 라임을 창가에서 내버리며 덩달아 곤두박질쳤다.

　소금에 절인 라임이 도대체 뭐기에? 아니, 그전에 라임이 무엇인지부터 알 수 없었다. 초록색에 자그마한 게 마치 덜 익은 레몬 같은 라임을

내 눈으로 본 것은 그 후로도 오랜 시간이 지난 후다. 라임의 기원에 대해서는 이야기가 분분하다. 하지만 남아시아에서 경작하기 시작해, 아랍을 거쳐 유럽으로, 그리고 아메리카 대륙으로 전해진 것은 확실하다. 미국에 처음 들어온 것은 키라임 혹은 멕시코 라임으로 불리는 작고 신맛이 강한 라임이지만, 현재 가장 널리 소비되는 것은 타이티/페르시아 품종이다.

어른의 집념으로 영문판을 뒤지니, 소금에 절인 라임은 라임피클이었다. 피클이라면 오이밖에 모르던 나는 경악했다. 라임으로도 피클을 만든단 말인가? 그게 뭔데? 무슨 맛인데? 놀라지 마시라. 라임피클을 검색하자 줄줄이 나오는 것은 인도 요리 블로그들이었다. 라임피클은 인도 요리였다. 정확히 말하면 라임 처트니다.

처트니는 인도식 절임이다. 인도인들은 망고에서 생선까지 뭐든 처트니로 만든다. 얼마나 흔하게들 먹느냐면, 인도 영화에서 가난한 연인들이 반대하는 부모를 설득하며 만날 하는 말이, 밥이랑 처트니만 있으면 어떻게든 먹고산다는 소리다. 반대로 여주인공의 아버지는 늘 딸에게, 그 남자랑 결혼하면 처트니만 먹고살 거라고 경고한다.

라임 처트니를 만드는 법은 이렇다. 라임을 잘 씻어서 물기를 빼고 적당히 썬다. 소금을 넉넉히 뿌려 깨끗한 단지에 차곡차곡 담는다. 볕 좋은 곳에 며칠 둔다. 말랑말랑해지면 큐민, 머스터드, 호로파 씨, 터메릭, 칠리 가루를 넣고 버무린다. 밀봉해서 빠르면 사흘, 길게는 한 달 이상 두었다 먹는다.

열두 살짜리 미국 여자애들이, 이 시고 맵고 짠 걸 날마다 학교에 들고 가서 책상 서랍에 숨겨 두고 틈날 때마다 빨아 먹었다고? 국물이 뚝뚝 떨어질 텐데 맨손으로? 말도 안 돼. 다시 인터넷을 뒤지니 전 세계에 비슷한 의혹을 가진 사람들이 있었다. 라임피클의 정체는 로리가 어째서 에이미와 결혼했느냐와 함께 『작은 아씨들』 애호가들을 괴롭히는 양대 의혹이었다.

처트니가 아니라면 그럼 뭔가. 저장식품 커뮤니티에서 특히 의견이 분분했다. 라임 껍질을 벗겨야 한다, 아니다. 설탕을 넣어라, 넣지 마라. 식초에 절여야 한다, 아니 브랜디에 절여라. 그 와중에 이것이야말로 『작은 아씨들』의 라임피클이라고 단언하는 사람이 나타났다. 하지만 그가 걸어 놓은 링크는 끊겨 있었다. 좌절하고 있는데 매사추세츠 주에서 보낸 어린 시절에 라임피클을 먹어 보았다는 사람이 나타났다. 식품점의 과자와 아이스크림 매대 옆, 큰 단지에 담아두고 한 개에 5센트씩에 팔았단다.

매사추세츠, 메인, 버몬트, 뉴햄프셔, 로드아일랜드, 코네티컷 등 미국 북동쪽 여섯 주를 뉴잉글랜드라고 부른다. 유럽 이민자들이 가장 먼저 정착한 곳이며, 보스턴을 중심으로 미국 문학·철학·교육의 첫 움직임이 태동한 지역이기도 하다. 루이자 메리 올콧은 1832년 뉴잉글랜드의 전통 속에서 태어났고, 1869년 『작은 아씨들』을 썼고, 1888년 죽었다. 『작은 아씨들』의 배경도, 초판을 낸 출판사의 소재도 뉴잉글랜드다. 나는 드디어 잡은 희미한 실마리를 끈질기게 추적했고, 마침내 린다 지트리히의 책 『즐거운 피클 만들기 The Joy of Pickling』에서 답을 찾았다. 19세기 후반 보스턴의 라임 수요는 서인도에서 수확한 라임에 의해 충족되었다. 라임은 바닷물에 재워 통에 담긴 채 대양을 건너 왔고, 다시 유리 단지로 옮겨 담아져 사탕가게에서 낱개로 팔렸다.

수입업자들은 라임이 높은 관세가 붙는 생과일이 아닌 피클로 분류되게 하려고 로비를 벌였고, 덕분에 이는 아이들이 쉽게 사 먹을 수 있는 값싼 간식거리가 되었다. 뉴잉글랜드의 선생들은 아이들이 라임피클을 수업 시간에도 계속 씹고 빨고 교환하는 것에 진절머리를 냈고, 결국 라임을 학교에서 영원히 금지하기에 이르렀다. 의사들 역시 라임을 비난했다. 1869년 보스턴의 한 의사는 라임피클은 부자연스럽고 언어도단적인 물건이라고 비난하며, 아이들을 영양 결핍으로 만든다고 주장하기도 했다.

하지만 부모들은 아이들이 라임피클 먹는 것에 관대했는데, 거기에는 이유가 있다. 클램차우더, 베이크트빈, 칠면조구이, 애플파이, 메이플시럽…… 뉴잉글랜드의 전통 요리는 이런 것들이다. 신선한 야채와 과일을 먹을 기회가 별로 없어서 괴혈병이 비교적 흔했다. 비타민의 존재는 그때까지 발견되지 않았지만, 감귤류가 괴혈병 증상을 호전시킨다는 사실만은 다들 알고 있었다. 에이미와 친구들이 라임피클에 몰두한 것 역시 어쩌면 가벼운 괴혈병 때문이었을지 모른다.

에이미의 라임피클을 먹어보고 싶은가? 방법은 간단하다. 큼직한 품종 말고 자그마한 키라임을 가능한 한 신선하고 잘 익은 것으로 구한다. 잘 씻어 물기를 빼고, 물 한 컵당 피클용 소금 1테이블스푼을 넣은 절임액에 통째로 담근다. 단지에 담아 냉장고에 3주 동안 둔다. 에이미처럼 그냥 먹어도 되고, 샐러드나 살사, 아니면 셔벗을 만들 수도 있다.

라임피클을 추적하다 보니 로리가 어째서 조가 아닌 에이미와 결혼했는지에 대한 실마리도 덩달아 얻었다. 조의 모델은 올콧 자신이었다. 그녀는 평생 혼자 살았고, 조 역시 독신이 어울린다고 믿었다. 하지만 출판사는 생각이 달랐다. 미국 고전문학을 내는 비영리 출판사인 라이브러리 오브 아메리카에서 2005년에 낸 『작은 아씨들』의 해설에서 편집자 일레인 쇼월터는 올콧의 편지를 인용한다. 올콧은 조가 "문자 그대로 미혼 여성으로 남아 있어야 한다"라고 말했지만 독자들은 조가 "행복을 찾는 걸" 보고 싶어 한다는 게 당시 출판사의 입장이었다. 그녀는 다음 권에서 결국 조를 결혼시켰다. 하지만 바람직한 남편과는 거리가 먼 '웃기는 짝'을 찾아주는 것으로 분을 풀었다고 한다.

모든 수수께끼가 해결되고 나니 남은 것은 뜬금없이 즐겨찾기 된 엄청난 수의 인도 요리 블로그들뿐이다. 당장 만들어 보기로 했다, 에이미의 라임피클이 아닌 매콤한 라임 처트니를. 나는 어린 여자애가 아니고, 매일 종합 비타민을 먹으며, 인도 음식의 열렬한 팬이니까.

　라임 대신 레몬 여덟 개를 사와 깨끗이 손질했다. 4등분해 소금을 뿌리고 유리병에 담아 베란다에 내놓았다. 하루에 두 번씩 뒤집으며 애지중지 관리할 예정이었는데 아뿔싸, 대뜸 몸살이 난 것이다. 고열에 시달리다 보니 레몬 처트니는 뒷전이 되었다. 열이 내리자마자 베란다로 내달렸지만 이미 늦었다. 나는 이를 북북 갈며 하얗게 곰팡이가 핀 레몬을 내다 버리고 뜨거운 물로 항아리를 박박 닦았다.

언젠가는 다시 도전할 것이다. 당장은 기력이 딸리고 의욕도 없지만. 지금은 라임을 사와 모히토나 만들어야겠다. 사탕수수 시럽이 없는 게 아쉽지만 대신 민트는 듬뿍 넣어야지. 탄산수는 조금만, 럼은 흥청망청 넣고 호쾌하게 들이켜면 라임피클을 찾는 모험에서의 무사 귀환을 축하하기에 부족하지 않을 것이다.

『작은 아씨들』 루이자 메이 올콧

어렸을 때 작은 아씨들 놀이 한 번 안 해본 여자애가 있을까? 다들 조를 하고 싶어
했지만 비극의 주인공 베스의 지명도 만만치 않았다. 하지만 거만한 메그와 철없는
에이미는 다들 떨떠름해 하는 게 영 인기가 없었다. 지금 생각하면 그럴 것도 없었
는데! 매사에 어른 행세 하던 맏언니 메그가 고작 열여섯 살이었다. 허세를 좀 부리
면 어떻고, 잘난 척을 좀 하면 어떤가. 에이미는 열둘, 어리광을 안 부리면 오히려
이상할 나이다.

『작은 아씨들』,『좋은 아내들』,『작은 도령들』,『조의 소년들』까지, 시리즈는 총 네
편이다. 영화와 드라마로 수차례 만들어졌지만 원작의 인기나 유명세와 비교하면
갈 길이 멀다. 특히 최근작인 1994년판은 위노나 라이더와 키어스틴 던스트, 클레
어 데인스에다가 수전 서랜든에 가브리엘 번이라는 호화 캐스팅에도 불구하고, 지
지부진하고 구태의연한 전개로 잔뜩 기대했던 나의 마음에 작은 상처를 입혔다.

나는 스파게티를 좋아하는 법을 배웠다.
제니는 밀가루 반죽이 뭔가 다른 음식처럼
보이게 만드는 온갖 요리법을 익혔다.

_에릭 시걸, 『러브스토리』

사랑할 때
필요 없는 것

1년 내내, 나는 파스타를 만든다. 해마다 봄이 되면 두릅 나오기만 목 빠져라 기다린다. 가시를 하나하나 손으로 다듬은 어린 두릅을 소금을 뿌려가며 살짝 볶는다. 달력 같은 걸 어떻게 믿는단 말인가. 두릅 파스타를 먹지 않고는 봄이 왔다는 사실을 실감할 수 없다. 여름에는 가지, 가을에는 생표고, 겨울에는 굴 파스타와 함께, 가는 계절을 보내고 오는 계절을 맞는다. 토마토 소스를 좋아하지만 햇볕을 받고 빨갛게 익은 노지 토마토가 없는 철에는 꾹꾹 눌러 참는다. 홀토마토나 토마토페이스트 따위, 신선한 토마토를 오래오래 조린 소스에는 견줄 수 없다. 해가 짧아지고 찬바람이 불기 시작하면 크림 소스 생각이 난다. 체면이고 양심이고 내다 버리고 크림과 치즈를 무조건 들이붓는다. 오일 파스타에는 새우에 홍합에 고명을 푸짐하게 얹는 것도 좋지만 바싹 튀긴 마늘과 면만으로도 훌륭하다. 왜냐하면 세상에는 기름으로 버무린 밀가루보다 맛있는 것은 존재하지 않기 때문이다.

나는 파스타가 좋다. 하지만 사 먹는 일은 없다. 남들이 알리오올리오랑 카르보나라 사이에서 머리 터지게 고민할 때 나는 평온하게 말한다. "피자." 평소에 하도 먹어서는 아니고, 내가 만든 게 훨씬 맛나서도 당연히 아니고. 나에게 파스타는 맛있는 음식이지만 동시에 돈값 못하는 음식이기도 하다. 내 돈 주고 사 먹을 일은, 단호하게 말하지만 없다. 이 시시하지만 엄중한 세계관을 형성한 것은 한 권의 책이다.

올리버는 하버드 대학 졸업반이다. 그는 하키 팀의 스타고 명문가 자제다. 정식 이름은 올리버 배럿 4세, 그냥 부자가 아니라 하버드 대학에서 제일 크고 또 못생긴 강당을 지어준 대단한 집안의 외동아들 되시겠다. 허우대도 멀쩡해서 여자들이 줄줄이 따른다. 제니는 래드클리프 대학에 다닌다. 하버드 못지않은 명문이지만 그녀는 이탈리아계고, 가난한 홀아버지의 외동딸이다. 따라다니는 남자는 딱 한 명인데 그나마 신통치 않다.

그들은 사랑에 빠진다. 졸업과 동시에 결혼하기로 하지만 올리버 배럿 3세의 반대에 부딪힌다. 안 그래도 별로던 부자 사이다. 아버지의 의절 위협에 아들은 콧방귀를 뀐다. 그리하여 자기들끼리 결혼한 것까진 좋았는데, 문제는 올리버도 제니 못지않게 가난해진 주제에 취직 대신 로스쿨에 진학한 것이다. 아내의 쥐꼬리만 한 월급으로 엄청난 학비까지 대야 하는 시국을 맞아 남편은 2초간 심사숙고한 끝에 정확하고 간결한 결론을 내렸다. "제기랄." 제니는 느긋하게 대답했다. "스파게티를

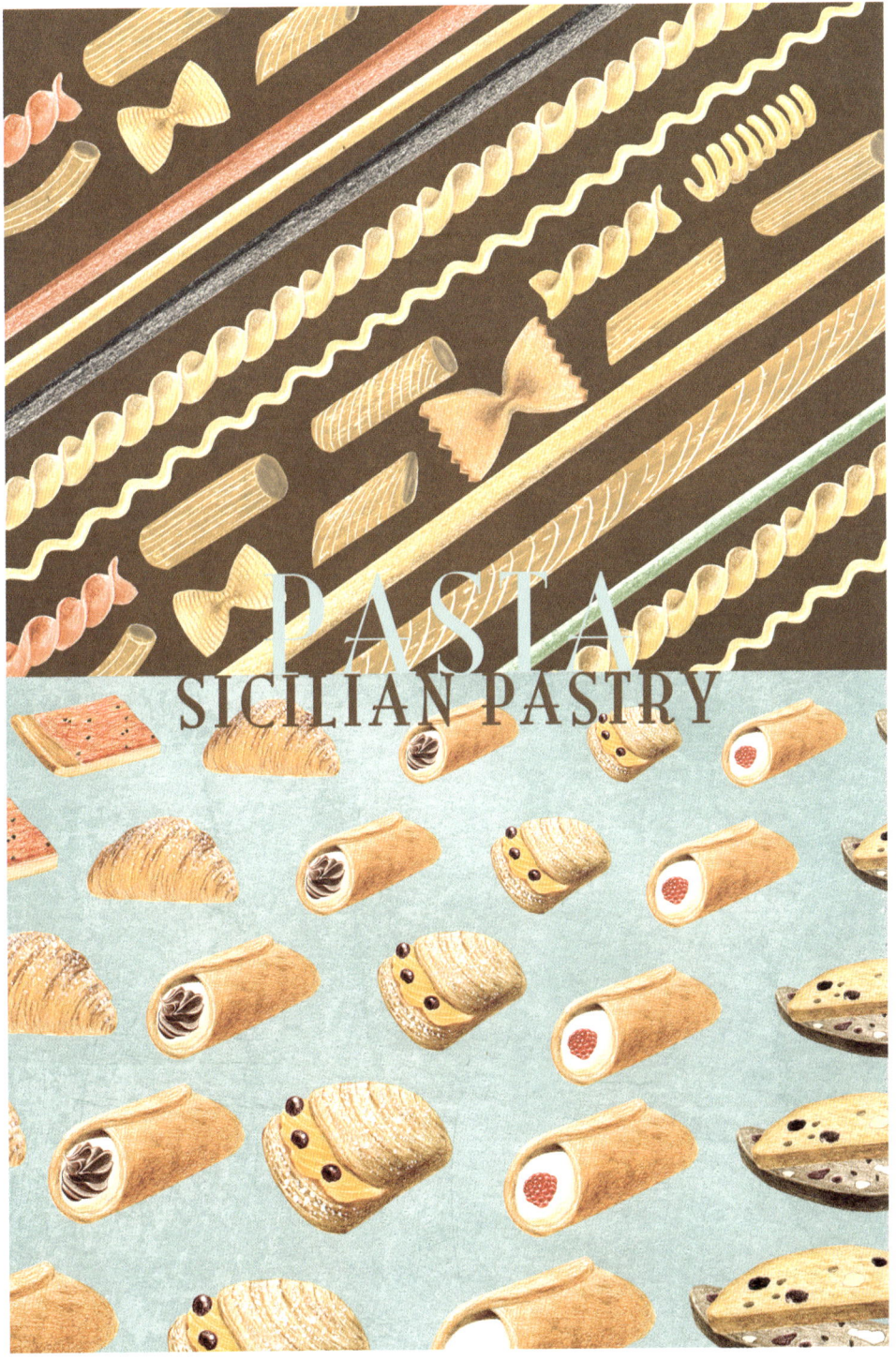

PASTA
SICILIAN PASTRY

좋아하는 법이나 배우시게나."

한국이건 미국이건 없는 사람은 밀가루다. 수제비라든가, 칼국수라든가, 라면이라든가. 어린 나는 고개를 끄덕였다. 하지만 몇 년 후 멀끔한 레스토랑의 빳빳한 메뉴에서 만난 스파게티는 1만 원짜리 한 장으로는 감당할 수 없는 가격이었다. 그렇구나, 내가 잘못 알고 있었구나. 스파게티는 고급 음식이었어. 그럼 제니랑 올리버는 무슨 소리를 한 거지? 반어법이었나? 아니면 그냥 밀가루 반죽을 내놓고, 이건 사실은 스파게티라고 자기 최면들을 걸었나?

잘못된 것은 그 레스토랑의 가격이었다. 스파게티는 집에서 소박하게 때우는 일품요리가 맞다. 휘황찬란한 레스토랑에도 물론 나오지만 주역은 고기나 생선, 하다못해 채소지, 스파게티는 어디까지나 곁들이다. 그렇다면 번역의 문제인가? 영문판을 찾아보니 '밀가루 반죽'의 정체는 다름 아닌 파스타pasta였다. '파스타'는 이탈리아어로 '반죽'이라는 뜻이니 틀린 말은 아니다. 하지만 맞는 말도 아니다.

⁝

파스타는 밀가루를 물이나 계란으로 반죽해 만든 이탈리아 국수의 총칭이다. 이탈리아 사람들은 그 반죽으로 수백 가지 파스타를 뽑아낸다. 오죽하면 『파스타의 기하학』이라는 책까지 있을까. 가느다란 스파게티와 넙적한 펜네, 짤막한 튜브 모양의 마카로니와 꼬불꼬불 돌아가는 푸실리, 나비 모양의 파르팔레나 조개 모양의 콘길리에, 믿거나 말거나 테디 베어 파스타도 있다. 한국에서는 한때 이 모든 걸 몽땅 '스파게티'로 뭉뚱그렸다. 그렇다고 부끄러워할 건 없으니, 이탈리아에서는 한때 이 모든 걸 전부 '마카로니'라고 불렀다. 하지만 지금부터 200년 전 파스타라는 명칭이 생겼고, 그때부터 마카로니는 우리가 익히 아는 그 녀석만 가리키는 말이 되었다.

계란이 흔한 이탈리아 북부에서는 계란으로 반죽하는 생파스타를 많이 만들었다. 하지만 닭이 겨울에는 알을 안 낳는 남부에서는 주로 물로 반죽한 건파스타를 먹었다. 건파스타를 제대로 뽑으려면 글루텐 함량이 높은 경질소맥분 듀럼 휘트 세몰리나를 사용해야 한다. 연질소맥분으로 만든 파스타는 너무 물러서 이탈리아 파스타에서 추구하는 알덴테al dente로, 즉 국수에 심이 남아 있을 정도로 삶기 힘들다.

1880년에서 1914년 사이 500만 명의 이탈리아인이 바다를 건너 미국으로 갔다. 그중 80퍼센트가 가난한 남이탈리아, 특히 시칠리아 출신이었다. 이탈리아 이민자들은 도시에서 단순 노무직에 종사하며 초기 미국 사회의 하층 계급을 형성했다. 그들은 미국에 적극적으로 동화되기보다는 자신들만의 공동체를 유지하면서 고향의 기억에 매달렸다. 이민 1세대는 평생 영어를 익히지 못하는 경우도 있었다고 한다.

하지만 문화는 이를 악물고 지켜야 하는 깃발이 아니라 매일 물을 주고 해를 쪼여야 하는 꽃이다. 매일 새로운 문화가 태어나고, 성장하고, 사망한다. 이탈리아 공동체의 건파스타, 토마토 소스, 올리브유는 미국의 풍부한 식자재와 융합되어 새로운 요리로 발전했다.

2000년 미국 레스토랑 연합은 이탈리아, 멕시코, 중국 요리는 더 이상 외국 요리가 아니라고 선언했다. 한국의 중국 음식이 중국의 중국 음식과 다르듯, 미국의 이탈리아 요리는 이탈리아의 이탈리아 요리가 아니다. 미트볼 스파게티는 19세기 남이탈리아에 존재했지만 21세기에 들어서며 사라졌다. 하지만 미국에서는 여전히 엄마의 손맛 하면 떠오르는 요리로 꼽히며 많은 사람들의 사랑을 받고 있다. 피자 역시 두툼한 도우와 풍성한 토핑으로 본고장의 피자와는 다른 모습으로 변화해, 햄버거와 함께 미국을 상징하는 음식이 되었다.

제니의 아버지 필은 로드아일랜드 주 크랜스턴에서 제과점을 하고 있다. 로드아일랜드는 이탈리아계의 비율이 미국에서 가장 높은 주다. 이 책의 시간적 배경인 1963년 크랜스턴의 인구는 6만6,766명이었다. 그중 이탈리아계는 30퍼센트 이상으로, 주민 5만 명 이상의 미국 도시들 중 가장 높은 수준이다. 미국식 이탈리아 식당들이 당연히 번창하는 가운데 다른 동네에는 없는 독특한 요리들도 많다. 피자스트립은 이 지역을 대표하는 명물이다. 치즈도 토핑도 없이 두툼한 크러스트에 토마토 소스만 발라 구운 피자로, 로드아일랜드의 모든 이탈리안 베이커리와 슈퍼, 편의점에서까지 판다. 필의 제과점에서도 틀림없이 팔고 있

었을 것이다. 하지만 그는 결혼 승낙을 받으러 찾아온 예비 사위에게 피자스트립 대신 과자 부스러기만 한상 가득 차려냈다.

시칠리아는 사치와 빈곤이 공존하는 섬이다. 많은 이탈리아계 미국인의 고향인 이 남쪽 섬은 이탈리아에서도 가장 가난하고 척박한 곳이지만 동시에 고대부터 이미 미식가들의 조국이기도 했다. 특히 디저트가 유명한데 자부심 강한 필이 사위자리를 처음 맞아 낸 건 어떤 과자였을까? 나는 책에서 그저 '페이스트리pastry'라고만 언급된 것들의 정체를 밝히기 위해 크랜스턴 소재 이탈리아 제과점 20여 곳의 리뷰를 찾아보았다. 간판과 달리 브라우니나 쿠키 같은 '미국' 과자들을 더 내세우는 와중에도 반드시 취급하는 게 있었으니, 그것은 피자스트립과 카놀리다.

카놀리는 시칠리아 전통 페이스트리다. 밀가루, 버터, 설탕을 반죽해 타원형으로 밀어 돌돌 말아 튀긴다. 크림을 채워 눅눅해지기 전에 먹는다. 전통적으로는 리코타 치즈와 설탕에 절인 과일로 소를 만들지만, 미국에서는 초콜릿이나 커스터드를 사용하기도 한다. 비非이탈리아계에게도 인기 높은 카놀리는 영화 「대부」와 드라마 「소프라노스」에도 등장했다.

혹시 필은 티라미수도 내왔을까? 요사이는 미국이건 한국이건 이탈리아 디저트 하면 티라미수로 통한다. 하지만 이는 제2차 세계대전 후에 고안된 신식 케이크다. 필의 구식 가게에는 없었을 공산이 크다. 그래도 비스코티는 있었을 것이다. 비스코티는 두 번 구웠다는 뜻이다. 밀가루, 설탕, 계란, 아몬드를 섞은 반죽을 덩어리째 구운 후 얇게 썰어 좌르륵 늘어놓고 다시 한 번 굽는다. 이탈리아에서는 흔히 디저트 포도주와 먹지만 북미에서는 커피에 곁들인다. 스폴리아텔레는 겹겹이 부서지는 페이스트리로 모양새 때문에 로브스터 테일이라고도 불린다. 이탈리아에서는 리코타 크림으로 속을 채우지만 미국, 특히 뉴욕에서는 프렌치크림을 채운 게 인기다. 체폴레도 뺄 수 없다. 동그란 경단을 굽거나 튀겨 커스터드, 젤리, 리코타 크림, 초콜릿 등으로 속을 채우고 가루설탕을 뿌린다. 안초비를 채운 짭짤한 체폴레도 있다. 로드아일랜드의 체폴레는 별나게도 도넛 모양이다. 가운데에 바닐라 푸딩이나 리코타 크림을 채우고 체리를 올린다.

올리버는 필의 과자들을 종류별로 두 개 이상씩 먹으며 이탈리아식 페이스트리 많이 먹기 기록을 경신한다. 사랑에 빠진 빈털터리 젊은이로서 장래의 장인에게 잘 보일 길은 그것밖에 없었기 때문이다. 하지만 과자는 입가심에 불과했다는 것을 깨닫는 데에는 그리 오래 걸리지 않았다. 우선은 피자스트립에, 시칠리아식 오징어 튀김과 로드아일랜드만에서 나는 조개로 만든 맑은 클램차우더, 그리고 고기 대신 치즈를 넣은 시금치 파이와 클램케이크가 차려졌을 것이다. 전부 기름진 음식이다.

이미 배는 터질 것 같지만 어떻게든 밀어 넣어야지 별 수 있나. 제니는 말했다, 사랑에는 미안하다는 말이 필요 없다고. 여기에는 찬성할 수 없지만 사랑에 변명 따위가 필요 없는 것은 사실이다. 그리고 물론 파스타에도.

『러브스토리』 에릭 시걸

『러브스토리』는 원래 영화 시나리오였다. 하지만 나중에 소설로 다시 씌었는데 영화의 인기를 업고 급조한 것은 아니다. 시나리오를 팔지 못한 에릭 시걸이 에이전트의 충고대로 소설로 고쳤다는 얘기가 있고, 판권을 산 파라마운트의 요구로 소설화되었다는 얘기도 있다. 어느 쪽이건 간에 1970년 2월 14일 밸런타인데이에 발매된 소설 『러브스토리』는 『뉴욕타임스』 베스트셀러 수위에 올랐고, 연말에 개봉된 영화 역시 박스오피스를 석권했다.

시걸의 저작 목록은 다른 어떤 작가보다도 흥미진진하다. 왜냐하면 그는 『러브스토리』 출간 5년 전 하버드에서 비교문학 박사학위를 받은 저명한 학자인데, 그것도 전공이 그리스·로마 고전이기 때문이다. 어쩔 수 없이 편견에 찌든 인간으로서, 『러브스토리』나 『닥터스』가 『옥스퍼드판 그리스 비극의 이해』 『희극의 죽음』 등과 앞서거니 뒤서거니 섞여 있는 모습은 어색하게 느껴질 수밖에 없다.

그는 『러브스토리』 말고도 여러 편의 시나리오 작업을 했는데, 그중에는 비틀스의 1968년 영화 『옐로우 서브마린』도 포함되어 있다.

교장 선생님은 ……
갈색 덴부를 가리키며 토토에게 물었다.
"그런데 이건 바다에서 나는 거니?
산과 들에서 나는 거니?"

_구로야나기 데쓰코, 『창가의 토토』(김난주 옮김, 프로메테우스)

까막눈이라도
괜찮아

책상 뚜껑을 들어 올린다. 공책을 꺼낸다. 닫는다. 다시 연다. 필통을 꺼낸다. 또 닫는다. 연다. 연필을 꺼낸다. 닫는다. 연다. 교과서를 꺼낸다. 닫는다. 토토는 수업 내내 같은 행동을 되풀이한다. 더 말할 것도 없다. 주의력결핍과잉활동장애ADHD다. 토토는 학교에서 쫓겨났다. 다른 학교로 갔지만 다시 쫓겨났다. 무슨 일인지 아이는 모른다. 오히려 재밌어 하는데 엄마만 애가 탄다. 결국 한 학교가 토토를 받아 주었다. 그곳에서 토토는 처음으로 착한 아이라는 소리를 들었다.

도모에 학원의 교실은 은퇴한 전차다. 전교생 50명은 아무 자리에나 앉아 내키는 과목을 공부한다. 아니면 오후 내내 산책을 다녀오기도 한다. 운동회 상품은 연필이나 공책 대신 시금치와 당근이고, 휴일에는 학교 강당에 텐트를 치고 야영한다. 점심 시간에는 교장 선생님과 사모님이 나란히 도시락을 검사한다. "바다에서 나는 것과 산에서 나는 것을 싸 주세요." 대단한 건 필요 없다. 산은 우엉조림과 계란부침, 바다는 오징어포 조림이면 충분하다. 혹여 부실한 도시락이 있다 치자. 교장 선생님이 외친다. "산!" 사모님의 냄비에서 감자조림이 나온다. "바다!"는 어묵조림이다.

등교 첫날, 엄마는 '노란 계란말이, 완두콩, 갈색 덴부でんぶ, 그리고 달달 볶은 분홍색 명란'을 싸주었다. 계란과 완두콩이 산이고, 명란은 바다다. 그런데 덴부는? "산!" 토토는 자신 있게 대답한다. 왜냐하면 흙색이니까. 하지만 정답은 바다였다. 덴부는 생선 살을 으깨 볶은 것이기 때문이다. 그렇구나, 덴부는 바다구나. 토토와 나는 고개를 끄덕였다. 그런데 무슨 맛이지? 마지막 장까지 덴부 얘기는 다시 나오지 않았다. 나는 덴부 맛을 모르는 채로 어른이 되었다.

그 한을 풀려면 인터넷이 발명되기까지 기다려야 했다. '덴부'로 검색하니 결과가 두 갈래다. 하나는 덴푸라, 즉 일본식 튀김이고 또 하나는 토마스 만의 소설 『붓덴부르크 일가』다. '덴부', '생선'으로 다시 검색했다. '생선을 삶아 뼈와 껍질을 제거하고 잘게 찢어 간장, 설탕, 미림 등으로 간한 것.' 덴부 맛의 정체는 달착지근한 간장 맛이었다. 토토네 덴부는 흙색이지만 분홍 물을 들인 사쿠라 덴부도 있단다. 유레카! 김초밥의 분홍색 보푸라기가 바로 덴부였다. 이미 먹어본 걸 그 오랜 세월 동안 궁금해 한 것이다. 맛이라도 있는 거면 모를까, 그렇지 않아서 더 억울하다. 내친 김에 토토의 도시락 반찬의 정체를 완전 규명하기로 했다. 하지만 걸림돌이 있었다. 그것도 엄청 큰.

나는 일본어를 읽지도 쓰지도 못한다. 여러 번 도전했지만 번번이 실패했다. 일단 가타카나, 히라가나가 안 외워지는데 어쩌란 말인가. 그래도 뜻이 있는 곳에 길이 있는 법, 까막눈에게도 방법은 있다. 나는 심사숙고해서 계획을 수립했다. 그러고는 차근차근 수행했다.

(1) 『창가의 토토』 한글판 확보

(2) 한글판 완독 후, 필요한 부분 베껴 둠

(3) 『창가의 토토』 일본판 『窓ぎわのトットちゃん』 확보

(4) 가타카나 표, 히라가나 표 확보

(5) 한글판과 일본판을 나란히 놓고 눈이 빠지도록 대조해 한글로 표기된 일본 요리 이름의 일본어 표기를 찾아 베껴 둠

(6) 일본어 요리 이름을 구글로 검색, 이거다 싶은 것을 찍어 구글 번역기에 돌림

(7) 일본어 요리 이름을 일문 위키피디아로 검색, 이거다 싶은 것을 찍어 구글 번역기에 돌림

(8) 일본어 요리 이름을 소리 나는 대로 영문으로 변환해 영문 위키피디아에서 검색

(9) 로제타석의 비밀을 푸는 심정으로 일본 요리책 여러 권을 뒤져 봄

(10) 일본어를 아는 친구에게 자문을 구함

(11) 온라인에서 이리 저리 답을 구걸

이 장대한 삽질의 결과로 몸살까지 났지만 후회는 없다. 계란말이, 즉 다마고야키たまごやき는 일본 도시락 반찬의 대명사다. 문자 그대로 계란(다마고)을 구운(야키) 거지만 계란프라이랑은 다르다. 일본식 계란말이를 만들려면 다시부터 끓여야 한다. 찬물에 다시마를 넣고 약불에 올린다. 끓으면 건지고 불을 끈다. 가쓰오부시를 듬뿍 넣고 뚜껑을 덮어 둔다. 20분 후 체에 거른다. 가쓰오부시는 말린 가다랑어다. 머리와 내장을 제거한 가다랑어를 쪘다가 냉각한 후, 다시 연기에 그을려 숙성시킨다. 잘 말린 완성품의 모양새는 영락없는 나무토막인데, 두들기면 맑은 쇳소리까지 난다. 옛날에는 집집마다 대패를 두고 필요할 때마다 갈아 썼다지만 요즘은 낱낱이 갈아 진공 포장한 팩을 사다 쓴다.

그릇에 계란을 깨 넣고 다시, 미린, 입맛에 따라 설탕이나 소금을 넣는다. 거품이 생기지 않도록 거품기 대신 젓가락으로 젓는다. 네모난 전용 팬을 불에 올리고 기름을 약간 두른다. 계란물을 조금만 붓고 살짝 익은 걸 젓가락으로 접어 만다. 계란물을 또 붓고 다시 만다. 원하는 두께가 나올 때까지 귀찮은 걸 참고 반복한다.

하지만 까막눈이 죽어라 원문 대조한 바에 의하면 토토 엄마가 싸준 건 이리타마고いりたまご였다. 계란을 풀어 미린, 설탕, 소금 등을 넣는다. 팬에 부어서 젓가락으로 슬슬 저어 가며 스크램블드에그 비슷한 모양새로 만든다. 이것이 소보로다. 계란뿐 아니라 생선이나

고기 등을 잘게 다져 달달 볶은 것을 통틀어 말한다.

토토네 엄마는 계란과 덴부, 완두콩, 명란으로 소보로를 만들어 밥에 얹어 주었다. 이를 소보로돈이라고 한다. 소보로돈 역시 도시락으로 인기다. 맛도 맛이지만 맵시 때문이다. 분홍색과 노란색과 연두색과 갈색으로, 꽃밭처럼 화려하게 펼쳐진 토토의 도시락에 전차 교실에는 환호성이 터졌다. '산과 바다'라는 교장 선생님의 소박한 교육철학에 진심으로 감탄한 엄마가 그런 도시락을 싼 데에는 이유가 있다.

⁑

일본은 도시락 문화가 세계에서 가장 발달한 나라다. 도시락, 즉 벤토弁当라는 단어는 편리하다는 말에서 나왔다. 그 기원은 가마쿠라 시대(1185~1333)에 말린 밥을 싸 와서 먹던 것이다. 에도 시대(1603~1867)에는 전통극인 노와 가부키 관람객이 막간에 먹는 마쿠노우치 벤토幕の内弁当가 널리 퍼졌다. 밥에다가 생선이나 고기, 채소, 디저트나 장아찌로 구성된 마쿠노우치는 요즘도 벤토의 고전 내지는 기본으로 통한다. 메이지 시대에는 일본 명물인 기차 도시락, 즉 에키벤駅弁이 생겼는데, 덕분에 비행기 기내식은 덩달아 소라벤空弁, 즉 하늘 도시락으로 불리고 있다.

하지만 20세기 들어 벤토 추방 운동이 일어났다. 학생들의 가정 형편을 적나라하게 보여주므로 비교육적이라는 주장이었다. 이는 제1차 세계대전과 도호쿠 지역 대흉작을 거치며 기세를 더했고, 제2차 세계대전이 끝날 무렵 급식이 시작되며 학교에서 벤토가 사라졌다.

1980년대에 전자레인지 및 편의점의 보급에 힘입어 벤토는 부활했다. 학생들은 여전히 급식을 받지만, 편의점 벤토는 주머니가 가벼운 직장인들 사이에서 싸고 간편한 한 끼 식사로 인기다. 그렇다고는 해도 벤토 퇴출의 사회적 맥락은 사라지지 않았다. 사람들은 여전히 겉모양으로 서로를 판단하고, 자신과 조금이라도 다른 것은 용납하지 못한다. 급식이 없는 유치원에서, 꽃놀이에서, 나들이에서, 누가누가 화려한 벤토를 싸 오나 은근한 경쟁이 벌어진다. 벤토 대회도 자주 열린다. 만화나 애니메이션 캐릭터를 표현한 갸라벤キャラ弁이나 반찬으로 사람이나 동물, 꽃을 그리는 오에카키벤お絵描き弁 등 맛보다 모양을 추구한 벤토도 등장했다.

『창가의 토토』의 배경은 제2차 세계대전 직전이다. 토토는 학교에 도시락을 싸 간 마지막 세대인 셈이다. 안 그래도 폐쇄적인 일본 사회가 전쟁의 압박으로 더욱 경직되어 가던 시절이다. 들어가는 학교마다 쫓겨나는 자식을 둔 엄마에게 도모에 학원은 마지막 희망이었다. 등교하는 딸의 뒷모습이 점점 멀어져가는 것을 지켜보며 그녀는 기원했다. 제발 이 아이를 받아주세요. 꽃밭 같은 도시락은 엄마가 할 수 있는 모든 것이었다.

남과 다른 아이는 21세기에도 많다. 그 애들이 운 좋게 대안학교에 갈 수도 있지만, 그대로 보통 학교를 다닐 수도 있다. 어느 쪽이건, 소풍이나 운동회 날 또 다른 토토의 어머니는 공들여 도시락을 쌀 것이다. 안 그래도 별난 딸이 도시락 때문에 트집 잡히는 일만은 피하고 싶기 때문이다.

『창가의 토토』 구로야나기 데쓰코

유니세프 친선대사, 작가, 배우이자 일본 토크쇼의 전설 「데쓰코의 방」의 사회자. 서양에서 가장 유명한 일본인으로 일컬어지는 구로야나기 데쓰코가 한때 학교가 포기한 아이였다는 사실은 놀라울 따름이다.

이 책은 일본에서만 500만 부 이상 팔렸고, 한국을 비롯한 30개국 이상에서 번역되었다. 구로야나기 데쓰코는 장애인을 돕는 사회복지법인 '토토 기금'을 설립하기도 했다.

일러스트레이터 이와사키 치히로는 책이 나오기 7년 전 사망했지만 생전에 직접 골라둔 그림으로 책이 나왔다. 많은 사람이 이 그림들 역시 단순한 삽화가 아니라 책의 일부라고 생각한다. 혹시 토토는 모르는 사람이라도, 그녀의 아름다운 수채화는 알아볼 것이다.

엠마가 말했다. "너무 무리하진 맙시다."
그러고는 한스에게 방금 마시고 남은,
과즙이 반쯤 담긴 잔을 건네주었다.
이 한 모금이 그에게는 앞서 마셨던 과즙보다
진하면서도 달콤하게 느껴졌다.
…… 왜 심장의 고동이 심해지고,
호흡이 가빠지는지 알 수가 없었다.

_헤르만 헤세, 『수레바퀴 아래서』 (김이섭 옮김, 민음사)

이것은
사이다가 아니다

요제프 기벤라트는 어디나 있는 사람이다. 그는 황금을 숭배하
고, 신과 관료제에 적절한 존경심을 보인다. 열심히 일하지만 가끔 술도
마신다. 그래도 인사불성이 되지는 않는다. 그는 가난한 사람들에게는
가난뱅이라고, 부자에게는 졸부라고 욕을 퍼붓는 사람이다. 한마디로
그는 보통 사람이다. 그런 아버지에게서 한스 같은 아들이 태어난 것은
신의 변덕이라고 할 수밖에 없다. 소년의 진지한 눈과 영민한 이마, 단
정한 걸음걸이는 어디서나 두드러졌다. 마을 학교에는 그를 따라올 학
생이 없었다. 주 시험을 2등으로 통과한 한스는 온 마을의 축복 속에
고향을 떠나 마울브론 신학교에 진학했다.

　그의 앞날은 분명해 보였다. 곧게 뻗어 있는 길을 따라 나아가기만
하면 된다. 하지만 예기치 못한 곳에서 넘어졌다. 한스는 수업을 따라가
지 못했고, 선생들에게 경멸 당했고, 하나뿐인 친구에게 버림 받았고,
고향으로 돌아왔다.

　어디서부터 잘못되었는지 알 수 없었다. 그에게 약속된 건 빛나는 앞
날이지 아버지와 똑같은, 아니 그보다도 못한 삶이 아니었다. 다시 어

린아이로 돌아갈 수는 없다. 하지만 그렇다고 어른의 세계로 들어서지도 못한다. 방황하다 보니 가을이 되었다. 사과 수확 철이 온 것이다. 과즙 짜는 날 소년은 소녀를 만난다. 그리고 사랑에 빠진다.

엠마가 건네준 과즙을 마신 순간 한스의 심장이 멎었다. 온몸이 나른해지고 현기증이 났다. 사랑이란 그런 걸까? 두려움이 가득한 기쁨으로 아무것도 모르겠고, 아무것도 못하게 되는 걸까? 하지만 이는 음주 후 증상과도 정확히 일치한다. 나는 사랑의 위대함에 순순히 경의를 표하는 대신 영문판을 찾아보았다. 그러면 그렇지. 한스가 마신 건 사과즙이 아니라 사이더cider였다. 사이다? 바나나, 삶은 계란과 함께 소풍 가방의 3대 주역인 그거?

이산화탄소는 불용성이지만 높은 압력을 가하면 물에 녹는다. 사이더는 여기에 단맛과 향을 더한 것이다. 하지만 이것을 '사이다'라고 부르는 건 한국과 일본뿐이다. 다른 곳에서는 소다나 소프트드링크, 팝이라고 부른다. 그 특이한 이름은 에도 시대 한 영국 상사가 요코하마에서 '샴페인 사이더'라는 사과 맛 탄산음료를 판 것에서 비롯했다. 여기서 사이다라는 이름이 비롯되었고, 일본의 영향으로 한국에서도 그렇게 부르게 되었다.

다른 나라에서 사이다는 사과즙이다. 우선 사과를 갈아 포메이스

pomace로 만든다. 초기에는 사람이나 말이 맷돌을 돌렸지만 요즘은 전기나 수력 파쇄기를 쓴다. 포메이스를 성긴 베주머니에 넣은 것을 치즈라고 부른다. 치즈에 널빤지와 밀짚을 켜켜이 끼워 차곡차곡 쌓아 압착한다. 이것이 사이다가 아닌 사이더다. 그런데 살균하지 않은 과즙을 저장하다 보면 발효가 일어나기 쉽고, 그 결과는 식초 또는 술이다. 전자는 사과식초지만 후자는 여전히 사이더다. 요즘은 사이더 하면 오히려 알콜 음료로 통하는 경우가 많은 가운데, 무알코올은 애플사이더, 알코올은 하드사이더로 확실히 구분하기도 한다.

하드사이더는 다른 발효주보다 낮은 4~16도에서 서서히 숙성해야 섬세한 풍미를 잃지 않는다. 과즙의 당분이 모두 소진되기 직전 액체를 새 통으로 옮겨 밀봉하는데, 남아 있는 당분이 추가로 발효되며 소량의 탄산가스가 생긴다. 석 달 후면 마실 수 있지만 보통은 2~3년 숙성시킨다. 미국에서 하드사이더는 농부들을 중심으로 큰 인기를 끌었는데, 1820년대에는 일종의 화폐 역할까지 했다.

하드사이더를 통째로 얼려 윗부분의 얼음을 제거하면 더 강하게 발효된 농축액이 남는다. 이것이 애플잭이다. 하지만 에탄올, 메탄올, 퓨젤 같은 해로운 불순물 역시 남기 때문에 요즘은 냉동법 대신 증류법으로 만든다. 하드사이더는 알코올 도수가 2~10도지만 애플잭은 30~40도에 달한다. 뉴저지의 번개Jersey lightning, 사이더 기름cider oil, 강직경련 에센스essence of lockjaw 등의 무시무시한 별명이 붙은 것은 이 때문 이다. 일설에 의하면 조지 워싱턴과 에이브러햄 링 컨도 애플잭 애호가였다고 한다.

애플사이더와 애플주스는 뭐가 다를까? 전자 는 거르지 않아서 혼탁하지만 후자는 투명하다는 둥, 전자는 살균했지만 후자는 아니라는 둥 의견이 분분 하다. 하지만 병원성대장균 O157로 한바탕 난리를 겪은 후, 미국에서 판매하는 모든 애플사이더는 저온살균 또는 그에 준하는 처리를 거치 고 있다. 예외는 생산장 직거래뿐이다. 더불어, 요즘은 여과를 거쳐 완 전히 투명한 사이더도 나오며, 사과 품종에 따라서는 거르지 않아도 투 명한 것도 있다. 둘의 차별성은 점점 더 미궁으로 빠져드는 가운데, 남 은 건 시골에서 갓 짜서 길에 내놓고 파는 향수 어린 이미지뿐이다.

쌉싸름한 맛부터 달콤한 것까지, 사이더의 풍미는 다양하다. 엷은 노 란색에서 오렌지색, 갈색까지 색도 여럿이다. 보통은 서늘하게 마시지 만, 향료, 설탕, 계란 노른자를 넣고 따끈하게 데워 먹기도 한다. 사과 말고 다른 과일로도 사이더를 만드는데 가장 인기 있는 것은 배로 만든 페리perry다. 한편 퀘벡에서는 포도를 얼려서 만드는 아이스바인처럼, 일부러 얼린 사과로 아이스사이더를 만든다.

사과는 전 세계에 존재하고, 사이더 역시 그렇다. 유럽, 북미, 호주에 다가 남아공, 인도, 파키스탄에도 사이더가 있다. 프랑스의 탄산주 시

드르는 20세기 중반 맥주에 밀리기 전까지는 포도주 다음으로 널리 마시는 술이었다. 시드르를 두 번 증류해 알코올 농도를 40도까지 올리면 독주 칼바도스가 만들어진다. 특이하게도 스페인의 시드라에는 거품이 없다. 전문점에서는 한 손으로 병을, 다른 손으로 잔을 잡고 높은 곳에서 따르는데, 이때 공기 방울이 들어가 비로소 거품이 생긴다. 중국의 핑구오쿠苹果醋는 이름과 달리 식초가 아니라 음료로, 사실상 사이더라고 볼 수 있다.

독일어판을 찾아보니 엠마가 한스에게 건네준 것은 아펠바인이었다. 아펠바인은 시큼쑵쑵하다. 그리고 탁하기 때문에 빛을 굴절시키는 마름모 컷 유리잔 게립테스에 담는다. 전통 아펠바인 레스토랑은 보통 300밀리미터짜리 게립테스를 사용한다. 250밀리미터짜리는 날도둑잔 Beschisserglas이라는 별명을 갖고 있는데 300밀리미터짜리와 같은 가격으로 팔기 때문이다.

아펠바인은 칵테일로도 많이 마신다. 보통은 물이나 레몬소다를 타지만 콜라를 섞기도 하는데, 프랑크푸르트에서는 공교롭게도 코레아 Korea라고 부른다. 더욱 공교로운 것은 아펠바인의 주요 생산지가 독일 중부 헤세Hesse 지방이라는 사실이다. 헤세는 『수레바퀴 아래서』를 쓰며 그 사실을 염두에 두었을까?

아펠바인의 알코올 농도는 5.5~7도다. 땀 흘려 일한 끝에 단숨에 들이켠다면야 충분히 취할 만하다. 하지만 한스가 마신 건 아직 발효시키지 않은 갓 짠 과즙이었다. 때 묻은 내가 지레짐작한 것과 달리, 소년의 얼굴이 붉어지고 숨이 가빠진 것은 오직 사랑, 사랑, 사랑이었다.

아펠바인 애호가들은 이구동성으로 말한다. 첫 잔으로 판단하면 안 된다고. 마시면 마실수록 좋아져서, 적어도 일곱 잔째가 되어야 진가를 깨닫는다고. 한스에게는 그럴 시간이 없었다. 엠마는 연상이고 연애 경험도 많았다. 수줍고 예쁘장한 소년은 부담 없이 농탕질 치기 좋은 상대에 불과했다. 엠마는 아무 말 없이 떠나고, 한스는 기계공 견습 생활을 시작한다.

고된 한 주를 보내고 첫 휴일에 한스는 동료들과 어울려 아펠바인 대신 맥주를, 그리고 독주 슈납스를 마셨다. 몸을 가누지 못할 정도가 되자 친구들을 뿌리치고 혼자 나와서 흐느끼다 풀밭에 쓰러졌다. 그리고 다음 날 시체로 발견되었다. 그의 얼굴에는 오랜만에 미소가 어려 있었다.

『수레바퀴 아래서』 헤르만 헤세

『수레바퀴 아래서』는 자전적 소설이다. 하지만 작가의 성격이 투영된 인물은 모범생 한스가 아니라 반항적이고 낭만적인 하일너다. 헤세는 열네 살에 마울브론 신학교에 입학했지만 도주 시도 끝에 그만두었다. 그리고는 여러 교육기관을 전전하며 자살 시도를 하는 등 부모와 갈등을 빚다가 열다섯에 들어간 칸슈타트의 김나지움에서 1학년 시험을 통과했다. 그것이 그의 마지막 공교육이었다. 이후 서점 직원, 기계공 등을 전전하다가, 「마돈나」라는 시를 발표하며 문단에 들어섰다. 그의 나이 열아홉 살의 일이었다. 이후로도 계속 시와 단편소설을 썼지만 반응을 얻지 못하다, 1904년 스물일곱의 나이로 첫 소설 『페터 카멘진트』를 내며 본격적으로 작가로 인정받았다. 『수레바퀴 아래서』는 그로부터 2년 후에 출판된 소설이다.

한스의 재능은 특별한 사람이 되기에는 부족했지만, 평범한 사람으로 머물기에는 넘쳤다. 하지만 하일너는, 그리고 헤세는 한스와 달랐다. 자살에 성공하는 것은 언제나 한스 같은 사람들이다. 헤세는 살아남았고, 작가가 되었다.

우리는 먹기 위해 사는가 아니면 살기 위해 먹는가. 어떤 사람들은 아무리 배가 불러도 맛있는 것을 원하고, 아무리 배가 고파도 맛있는 것만 원한다. 하지만 어떤 사람들은 허기를 채울 수만 있다면 뭐든 상관없다. 당신은 어떤가? 어느 쪽이건 결론은 같다. 인간은 무엇을 먹는가에 의해 정의된다.

탐식가의 식탁

도둑은 주먹으로 식탁을 내리쳤어.
"고작 소시지 한 개라?! 정신이 있는 거야?
소시지를 몽땅 다 가져와 — 양배추도 몽땅 다 가져오고.
냄비째 말이야. 알아듣겠어?"

_오트프리트 프로이슬러, 『호첸플로츠 다시 나타나다 !』 (김경연 옮김, 비룡소)

식탁으로 굴러가는
평온한 세상

'5월은 모든 게 새롭구나.' 손잡이를 돌리면 노래가 나오는 기계로 흥얼흥얼 커피를 갈던 할머니는 화들짝 놀란다. 허리춤에 올망졸망 단도 일곱 자루를 매단 호첸플로츠가 뛰어 들어와 후춧가루 총을 겨눴기 때문이다. 그 악명 높은 강도가 행차하신 건 고작 커피 그라인더 때문이다. 귀엽게도, 왕도둑 역시 노래를 들으며 커피 콩을 갈고 싶었던 것이다. 하지만 울화가 치밀어 기절해 버린 할머니는 물론, 뒤늦게 도착한 손자 카스페를과 단짝 제펠에게는 결코 귀엽지 않은 사건이었다. 왜냐하면 그라인더를 잃고 낙담한 할머니가 앞으로는 케이크를 굽지 않겠다고 선언했기 때문이다. 이제부터 자두 케이크 츠베츠겐쿠헨 없는 일요일과, 사과 케이크 아펠쿠헨 없는 금요일을 견뎌야 한다는 얘기다.

먹는 것에 얽힌 원한은 무섭다. 따뜻한 곳에 모셔둔 반죽이 언제쯤 부풀어 오를까 좌불안석 끙끙거리고, 자두랑 사과가 노릇노릇 구워지는 냄새에 오븐 앞을 떠나지 못하고, 갓 꺼낸 따끈따끈한 케이크에 설탕과 계핏가루를 뿌리고, 거품 낸 생크림을 듬뿍 얹어 볼이 터져라 밀어 넣고. 블랙홀 같은 위장을 가진 10대 남자애들이 한 주 내내 손꼽아

기다린 즐거움이 사라진 좌절, 그리고 분노에 비견할 게 무얼까. 카스페를과 제펠은 분연히 떨쳐 일어났다. 호첸플로츠를 잡을 계획을 세웠다. 멋지게 실패했다. 아이들을 사로잡은 호첸플로츠는 제펠은 머슴으로 부리는 한편, 카스페를은 사악한 대마법사 페트로질리우스 츠바켈만에게 팔아넘긴다.

츠바켈만은 위대한 마법사다. 그는 사람을 동물로 바꿀 수 있고, 똥으로 금을 만들 수 있다. 하지만 감자 껍질만은 벗길 수 없다. 사악한 대 마법사는 매주 앞치마를 두르고는 손수 감자를 깎았다. 왜냐하면 마법사건 도둑이건, 독일인이라면 감자 없이 살 수 없기 때문이다. 18세기 후반에 독일로 전래된 감자는 19세기 초 이미 국민음식이 되었다. 독일인은 감자를 소금물에 삶아 먹고, 기름에 볶아 먹고, 삶아서 으깨 먹는다. 프렌치프라이를 만들어 케첩과 마요네즈에 찍어 먹기도 한다. 츠바켈만은 카스페를을 머슴으로 영입하자마자 감자잔치를 벌였다. 일단 점심으로 으깬 감자 일곱 그릇을 해치웠고, 저녁으로는 양파소스의 감자 경단을 무려 일흔여덟 개나 먹었으며, 다음 날 아침에는 가마솥 하나 가득 감자죽을 끓였다. 더 많이! 감자를 좀 더 많이!

하지만 감자의 원한일까, 그의 재촉은 결국 스스로의 운명을 재촉하고 말았다. 감자를 깎게 시켜 놓고 츠바켈만이 집을 비운 사이 카스페를은 그가 가둬 둔 요정 아마릴리스를 구해준다. 요정의 마법으로 사악한 마법사는 바닥 없는 웅덩이에 가라앉고, 마법의 성은 무너져 내린다. 덩달아 호첸플로츠도 체포되고, 무사히 돌아온 아이들을 위해 할

Zwetschgenkuchen

Porcini Soup

Kartoffelklöße

Bratwurst mit Sauerkraut

Der Räuber Hotzenplotz

wanted!

머니는 케이크를 굽는다.

자신의 감자 한풀이가 이런 식으로 귀결될지 츠바켈만은 꿈에도 몰랐다. 하지만 미리 알았던들 어쩔 텐가. 아무것도 달라지지 않았을 것이다. 식탐이란 그런 것이다. 자다 말고 벌떡 일어나 라면 물을 올리는 것은 아침에 얼굴이 부을 줄 몰라서가 아니다. 치킨에 맥주를 들이붓고도 기어이 아이스크림까지 사 먹는 것은 아무리 배를 쓸어 담아도 바지 지퍼가 올라가지 않는 사태가 발생할 줄 몰라서 그러는 게 절대 아니다. 다 안다. 그래도 못 참는다. 불가능하다.

호첸플로츠도 참지 못했다. 그는 어찌어찌 탈출하자마자 줄행랑을 놓는 대신 카스페를네로 쳐들어갔다. 복수하려는 게 아니다. 소시지 냄새에 이끌려 다리가 저절로 움직인 것이다. 프라이팬에서는 소시지가 지글지글, 냄비에서는 양배추가 보글보글. 카스페를네 점심은 브라트부르스트 미트 자우어크라우트, 곧 자우어크라우트를 곁들인 소시지다.

⠿

자우어크라우트는 양배추 절임이다. 양배추를 가늘게 채쳐 소금을 뿌려서 서늘한 상온에서 발효시킨다. 새콤한 맛이지만 콜슬로처럼 식초를 넣은 게 아니라 젖산발효 시킨 것으로, 오히려 한국의 김치나 일본의 쓰케모노에 가깝다. 그대로 고기 요리에 곁들이거나, 콘비프와 함께 호밀 빵에 끼워 루벤 샌드위치를 만든다. 아니면 카스페를네처럼 끓여 먹기도 하는데, 처음에는 이게 뭔가 싶었지만 다시 생각하니 김치찌개 비슷할 것 같다. 기회가 닿으면 시도해 봐야지. 하지만 자우어크라우트 국물을 독일산 허브리큐르인 예거마이스터와 섞은 칵테일 크라우트봄이나, 초콜릿 자우어크라우트 케이크에 도전할 배짱은 없다.

실온에서도 몇 달씩 보관할 수 있는 자우어크라우트는 오랜 세월 독일인의 겨울철 비타민 공급을 책임졌다. 영국 해군이 괴혈병 방지를 위해 라임을 싣고 항해한 이래로 '라이미'로 통하는 것처럼, 독일 선원은 자우어크라우트를 싣고 다녀서 '크라우트'라고 불린다. 미국은 제1차 세계대전 중 적성국 독일의 자우어크라우트를 리버티 캐비지_{Liberty Cabbage}라고 부르자고 제안한 바 있다. 알고 보니 이라크 전 이후 반미를 주창한 프랑스에 맞서 프렌치프라이를 프리덤 프라이_{Freedom Fry}로 부르자고 주창한 부시 대통령은, 쫀쫀할 뿐 아니라 독창성마저 없었던 것이다.

브라트부르스트는 송아지, 돼지, 소로 만든 소시지다. 구워 먹는 게 최고지만 육수나 맥주에 삶기도 한다. 소시지의 나라답게 다양한 종류가 있는데 홀츠하우젠에는 독일 브라트부르스트 박물관까지 있다. 호첸플로츠가 해치운 건 그중에서도 프랭키슈 브라트부르스트로 보인다. 우리가 프랑크소시지라 부르는 10~20센티의 두꺼운 소시지로 보통 자우어크라우트나 감자 샐러드를 곁들여 먹는다.

호첸플로츠는 소시지 아홉 개를 가볍게 해치우고 냄비 바닥까지 긁은 후 할머니마저 납치해 사라졌다. 이번에도 한발 늦게 도착한 카스페를과 제펠이 다시 나섰지만, 이번에도 제 꾀에 넘어가 도둑에게 사로잡혔다. 아이들을 굴비 두름처럼 엮어서 끌고 가던 호첸플로츠가 길가에 돋은 송이버섯을 못 본 척했으면 얼마나 좋았을까. 하지만 그럴 수 없었다. 그는 분주한 와중에도 버섯을 욕심껏 땄고, 할머니를 시켜 수프를 끓였고, 배가 터져라 먹었다.

　　빈말이라도 좀 권해 보지, 혼자 꾸역꾸역 먹는 장면은 보는 사람을 울컥하게 만든다. 잔뜩 약이 오른 카스페를은 기발한 생각을 해낸다. 귀띔을 받은 제펠이 송이버섯 수프는 냄새만으로도 역겹다고 허풍을 떨자 도둑은 억지로 수프를 먹인다. 그러고는 심술궂게 히죽대며 그릇을 싹싹 비웠는데 아이가 비명을 지르는 것이다. "아이고 배야!" 할머니는 몸을 내던지며 울음을 터트리고 카스페를은 머리카락을 쥐어뜯는

다. "독버섯이구나!" 한 입 먹은 제펠이 죽게 생겼는데 냄비를 바닥낸 호첸플로츠는 어떻겠는가. 덩달아 배는 아파 오는 가운데 식은땀까지 난다.

이 대목은 나를 20년 이상 괴롭혔다. 왜냐하면 원작에서 가져왔다는 삽화에 그려져 있는 것은 결코 송이버섯이 아니었기 때문이다. 차라리 표고버섯에 가까웠다. 먹는 것에 얽힌 한이라면 나야말로 누구에게도 뒤지지 않는다. 독일어라고는 고등학교 때 배운 게 다지만 독일 웹사이트를 뒤져서 결국 호첸플로츠와 버섯 이야기를 다룬 블로그를 찾아냈다. 어릴 때 본 그림과 꼭 같은 버섯 사진까지 있었다.

송이버섯의 정체는 포르치니였다. 우리말로는 그물버섯이다. 유럽인이 가장 좋아하는 버섯으로 주로 수프, 파스타, 리조토에 사용한다. 전 유럽에 고르게 분포하며 재배보다는 야생에 의존한다니 여러 모로 앞뒤가 맞는다. 재미있는 것은 포르치니는 가장 안전한 야생 버섯으로 꼽힌다는 사실이다. 왜냐하면 독버섯 중에 비슷한 모양이 없기 때문이다. 숲에 소굴을 차려 놓고 사는 도둑이 포르치니를 모를 리 없다. 하지만

호첸플로츠는 홀라당 속아 넘어가 다시 체포되는 신세가 되었다.

하여간에 그놈의 식탐이 문제다. 애당초 카스페를과 제펠이 호첸플로츠를 직접 잡겠다며 두 번이나 나선 이유가 무엇이던가. 1편에서는 자두 케이크를 위해서고, 2편에서는 소시지와 자우어크라우트 때문이다. 3편에서는 아무도 무언가를 빼앗기거나 도둑맞지 않는다. 하지만 먹을거리 이름을 줄줄이 늘어놓는 것은 여전하다. 개과천선한 호첸플로츠는 라드, 베이컨, 살라미, 치즈, 훈제 청어 등으로 가득한 창고를 열어 카스페를과 제펠에게 '도둑의 성찬'이라는 이름의 특별 요리를 해준다. 그러고는 앞으로는 무얼 할까 의논하다가 여관을 내기로 한다. 꼭 가서 먹어 보고 싶다. 나는 어른이니까 그 동네 맥주도 곁들여서!

34개 국어로 번역된 호첸플로츠 시리즈는 처음부터 끝까지 먹는 얘기다. 프로이슬러가 이 책을 쓴 목적은 독일 전통 요리의 소개였다고 말해도 억울하다는 소리는 못할 것이다. 그의 다른 책들을 봐도 혐의가 벗겨지기는커녕 오히려 무거워진다. 예를 들어 『크라바트』는 그 암울한 분위기와 무거운 주제에도 불구하고, 나날이 무엇을 먹는지를 얼마나 깨알같이 챙기는지 모른다.

그래서 싫으냐 하면 천만의 말씀. 사악한 마법사의 머슴이 된 카스페를은 자기 처지를 비관하기는커녕, 갖가지 길이와 굵기의 소시지들이 대롱대롱 매달려 있는 츠바켈만의 식품 저장고에서 여기가 바로 천국이라고 생각한다. 내 생각도 같다. 나도 이런 태평한 나라에서 마음껏 식탐이나 부리며 살고 싶다. 나에게 닥칠 수 있는 가장 큰 비극이라야 호첸플로츠의 습격이 전부인 나라에서 살찔 걱정은 내려놓고 얼마든지 꾸역꾸역.

물론 호첸플로츠가 나타나도 내 점심밥을 빼앗기는 일은 일어나지 않을 것이다. 왜냐하면 대문에 제일 큰 자물쇠를 일곱 개 달아 낮이고 밤이고 꽁꽁 잠가 둘 테니까. 아니면 아예 활짝 열어 놓고 매일 청국장이니 간장게장이니 냄새나는 것들만 지지고 볶는 수도 있다. 그게 낫겠다.

『왕도둑 호첸플로츠』

오트프리트 프로이슬러

『왕도둑 호첸플로츠』『호첸플로츠 다시 나타나다!』
『호첸플로츠 또 다시 나타나다!!』까지, 호첸플로
츠 3부작은 독일 전통 인형극 〈카스페를〉에 뿌리
를 두고 있다. 카스페를은 유쾌한 익살꾼인 민
중 영웅 틸 오일렌슈피겔의 소년 시절 같은 캐
릭터로, 위험에 처한 친구들을 도와 사악한 마녀
와 도둑을 응징한다.

프로이슬러는 17세기부터 내려오는 유서 깊은 인형극에 새롭게 생명을 불어넣었
다. 그는 친숙하지만 진부한 등장인물들에게 독특하다 못해 괴상한 성격을 부여했
다. 이를테면 딤펠모저 경사는 제복이 세탁소에 가 있다는 이유만으로 도둑 추적을
포기하며, 천리안 슈로타베크 부인은 그저 심심하다는 이유로 셰퍼드를 세인트버
나드로 바꾸려다가 악어로 만들어 버린다. 어찌 보면 빤한 권선징악 이야기를 아이
들은 물론 어른들도 흥미진진하게 볼 수 있는 것은 그래서다. 만일 '호첸플로츠' 시
리즈가 전형적 주인공이 일사천리로 만사형통하는 이야기였다면 이미 세상에 찌든
우리가 보기에는 지루했을 것이다.

돼지 피떡이 없었다 뿐이지 식탁에는 이탈리아 산 포도주에 담갔다가
꺼내어서 만든 비둘기 스튜, 토끼 구이, 금식일에 먹는 음식인,
쌀가루와 편도로 만든 성 키아라 빵, 유리지치 파이, 절인 감람,
구운 건락, 후추 국물을 곁들인 양고기, 볶은 콩, 푸짐한 고급 음료,
성 베르나르 과자, 성 니콜로 파이, 성 루치아 경단, 포도주⋯⋯
심지어는 취한 사람들을 들뜨게 하는 약술까지 올라왔다.

_움베르토 에코, 『장미의 이름』 (이윤기 옮김, 열린책들)

둘이 먹다 하나가
죽어도 모르나니,
수도원 만찬은

1327년 11월 마지막 일요일. 박식한 프란체스코회 수도사 윌리엄은 베네딕트회 수련사 아드소를 꽁지에 달고 이탈리아 반도 북쪽으로 향했다. 굽이굽이 옛 순례자들의 여로를 따라가 도착한 곳은 베네딕트회 수도원이다.

13세기, 소유를 배제한 삶을 주장하며 교회의 부와 부패에 도전하는 무리가 등장했다. 그들이 청빈주의자다. 하지만 청빈논쟁의 본질은 소유 문제가 아니다. 그들이 이단으로 탄압 받은 것은 교회가 정치를 비롯해 세속에 끼어드는 것에 반대했기 때문이다. 프란체스코회는 청빈사상을 지지하며 아비뇽 교황청의 요한 22세와 대립했고, 여기에 독일의 루트비히 4세까지 끼어들었다. 프란체스코회를 내세워 교황을 견제하려는 심산이었다.

윌리엄은 놀러간 게 아니다. 그의 사명은 양측의 마지막 중재 회담을 주선하는 것이다. 하지만 차례로 사고가 터지며 혼을 쏙 빼놓는다. 아델모 수사가 의문의 자살을 하는가 하면, 베난티우스 수사의 시체가 돼지 피를 담아 둔 단지에 거꾸로 처박힌 채 발견된다. 윌리엄은 수사에 나서지만 진전이 없다. 살인이 계속되는 가운데 양측 사절단이 들이닥치고 환영 연회가 열렸다.

수도원장을 중심에 두고 한쪽으로는 체세나의 미켈레를 필두로 프란체스코회 이론가들이, 다른 쪽으로는 베르나르 기를 수장으로 교황측 신학자들이 자리 잡았다. 그들의 표정이 신통치 않은 건 음식 탓이 아니다. 수도원은 그 난리통에도 성대한 연회를 마련했다. 청빈과는 거리가 먼 잔칫상 차림새에서 굳이 책을 잡자면 돼지 피떡, 즉 블러드푸딩이 없는 정도다. 일찌감치 돼지를 잡았지만 피를 담아 둔 솥단지에 시체가 처박히며 허사가 된 것이다.

중세의 겨울은 '피의 달'로 시작했다. 사료를 아끼는 한편 겨울 양식 장만을 위해 가축들을 모조리 잡았기 때문이다. 11월은 도살하기에는 이르다. 아직 따뜻해서 갈무리가 어렵기 때문이다. 그런데도 돼지를 잡을 수 있었던 것은 수도원이 겨울이 일찍 오는 피에몬테 주에 있었기 때문이다. 이탈리아 반도 서북부의 피에몬테는 프랑스와 스위스에 접해 있다. 일찍이 다채로운 요리가 발달했고, 오늘날 이탈리아 최고의 요리 학교와 슬로푸드 조합이 자리 잡은 곳이기도 하다. 에코의 고향 역시 이곳이며, 『장미의 이름』 말고 그의 다른 소설에도 자주 배경으로 등장한다.

피에몬테에는 맛있는 게 많다. 계란 노른자, 설탕, 포도주로 만든 소스로 키우는 거대한 몸집의 소 부에그라소, 킬로그램당 1만 유로에서 1만5,000유로에 달하는 화이트 트뤼플, 다른 주보다 고급스러운 포도주와 다양한 치즈……. 초콜릿 스프레드 누텔라는 일단 먹기 시작하면 멈출 수 없어서 악마의 음식으로 불린다.

13세기 가톨릭교회는 아랍이 점령한 예루살렘 대신 로마로의 성지 순례를 권했다. 알프스에서 로마까지, 이탈리아 북서쪽에서만 650개에 이르는 수도원으로 순례자들과 함께 전 세계의 상품 및 정보가 몰려들었다. 수도원 도서관에는 요리책이 가득하고, 밭과 가축 우리가 식자재를 얼마든지 공급하는 가운데, 부엌은 새로운 요리를 연구하고 실험하는 곳이 되었다. 이탈리아 수도사들은 전 유럽 문화를 접목해 지중해 식단을 완성했다. 파스타에서 크로켓, 훈제 햄과 치즈에 이르기까지 그들이 개발한 다양한 요리 중에는 21세기까지 사랑 받는 것도 많다.

수도원장은 양측을 화합으로 이끌고 싶은 마음으로 피에몬테뿐 아니라 이탈리아 전역의 요리를 준비했다. 그중 가장 중요한 게 블러드푸딩이다. 블러드푸딩은 돼지 피에 비계, 빵, 고구마, 양파, 보리, 귀리 등을 섞어 굳힌 것이다. 그냥 차갑게도 먹고, 튀기거나 굽거나 데워서 내기도 한다. 원장이 이탈리아식 블러드푸딩 산구이나초로 유명한 프리울리 지방을 젖혀 두고 몬테카시노풍 블러드푸딩을 선택한 것은 우연이 아니다. 몬테카시노야말로 529년 성 베네딕트가 첫 번째 수도원을 세운 곳이기 때문이다.

성 베네딕트의 가호 덕분일까. 냉랭한 분위기는 식사가 시작되자마자 종적을 감췄다. 이념이 다 뭐고 종교가 다 무어란 말인가. 청빈을 부르짖는 프란체스코회의 우두머리 미켈레도, 도미니코회 최고의 심문관이자 고문 전문가인 베르나르도, 상다리가 부러져라 차려진 음식 앞에서 에라 모르겠다, 무조건 먹고 마셨다.

먹을거리에 대한 이탈리아 사람들의 열정에 대해서는 숱한 전설이 있다. 1998년 이탈리아 총리 마시모 달레마는 속이 채워진 파스타의 일종인 토르텔리니 폄하 발언을 했다가 임기 1년의 단명 총리가 되었다. 볼로냐에서 반反공산주의 후보가 40년 만에 시장이 되자, 참모들은 토르텔리니 지지 성명을 서두르라고 조언했다. 1999년 유럽연합 입법부가 피자 오븐 온도를 250도로 제한하는 법안을 제출했는데, 이탈리아 전역에서 폭동이 벌어진 끝에 철회되었다. 믿거나 말거나 이탈리아 군대는 포도주 공급을 탄약보다 우선시한다는 소리도 있다.

교회력이 일상을 규제하던 중세 시대에도 사정은 다르지 않았다. 규정대로라면 고기 소비는 연중 거의 3분의 1의 기간 동안 금지되며, 사순절 기간에는 계란을 포함해 어떤 동물성 식품도 못 먹는다. 하지만 이탈리아에서는 고위 성직자건 평신도건 교회력을 대충만 따랐고, 금식 규정을 엄격하게 지키는 것은 수도사 중에서도 극소수뿐

BLACK PUDDING
[BLOOD PUDDING]

이었다. 많은 수도사들이 금식 규정은 식당에서만 적용된다고 아전인수로 해석해서, 대신 면계실免戒室에서 푸짐한 식사를 즐겼다.

▼
▲

만찬은 성황리에 끝났지만 성 베네딕트의 보살핌은 그걸로 끝이었다. 베르나르는 잘 먹고 잘 잔 다음 날 새벽같이 이단 심판을 벌여 수도원을 공포로 몰아넣었다. 만일 시체가 돼지 피 대신 화장실에 처박혔다면, 그래서 몬테카시노풍 블러드푸딩이 무사히 식탁에 올랐다면, 양측은 눈물의 대화합을 이룩했을까? 그렇지는 않았을 것이다. 결과는 마찬가지였을 것이다. 하지만 시간이 흘러 다시 만난다면, 언제 반목했냐는 듯 다시 잔칫상이 차려질 것이다. 다시 화기애애한 분위기 속에 걸진 식사자리가 이어질 것이고, 다음 날 다시 한 번 육신뿐 아니라 영혼까지 팽개치는 개싸움이 벌어질 것이다.

처음에는 규탄할 생각이었다. 먹는 것 앞에서는 이데올로기고 뭐고 헌신짝처럼 버리는 한심함을. 하지만 이탈리아 음식에 대해 이모저모 뒤지다 보니, 지금은 나도 이탈리아에 가고 싶다는 생각뿐이다. 당장 비행기 표를 끊지 않는 것은 진한 커피와 아주아주 작은 브리오슈 한 개만 나오는, 의자도 없이 서서 먹는 이탈리아식 아침 식사 때문이다. 게다가 12시 30분 전에는 점심 주문도 못한다니 이래서야 도저히 살 수가 없다.

에코 책의 러시아판 번역가 엘레나 코스튜코비치는 『왜 이탈리아 사람들은 음식 이야기를 좋아할까?』라는 책을 썼다. 이 책의 서문에서 에코는 말한다. "나는 소설 주인공에게 음식을 많이 먹이는 편이다. …… 독자에게 남부의 섬이나 동방 비잔틴 제국, 수백 년 전 사라진 세상 등을 보여주려면 주인공에게 음식을 먹이는 수밖에 없다. 주인공이 음식을 먹을 때 독자도 함께 먹으며 그들의 사고방식을 이해하기 때문이다." 그는 또한 『장미의 이름 작가 노트』에서 이렇게 말했다. "소설이라는 것은 수많은 해석을 발생시키는 기계다." 수도원장이 성 베네딕트의 가호를 빌며 몬테카시노풍 블러드푸딩을 준비했다는 것은 순전히 나의 해석이다. 에코의 의도 역시 그랬는지는 알 도리가 없다. 하지만 확신하건대, 처음부터 끝까지 먹을거리에 열을 올리는 나의 해석을 그는 좋아할 것이다.

『장미의 이름』 움베르토 에코

움베르토 에코는 세계적 기호학자이자 포스트모던 이론가다. 마흔여덟 살까지 학자로 살다 첫 소설을 내면서 그는 지극히 한정된 독자만을 기대했다. 왜냐하면 책의 배경이 대중에게 생소한 14세기고, 내용의 상당 부분을 수도원 건물 설명과 신학 논쟁이 차지하고 있으며, 무엇보다도 복잡한 기호와 상징으로 가득했기 때문이다. 하지만 『장미의 이름』은 놀라운 성공을 거두었고, 이제 에코 하면 학자가 아니라 베스트셀러 작가이자 문화평론가, 하다못해 '셀레브리티'를 떠올릴 지경이다.

순수하게 '소설'의 관점에서 볼 때 그의 이야기에는 결함이 있다. 그는 독자들의 손을 잡고 친절하게 데려가기보다는 따라오건 말건 막무가내로 먼저 가 버리는 작가에 가까운 것이다. 하지만 그에게는 스토리텔링의 거장들이 갖지 못한 게 있다. 중세에 대한 해박한 지식과 탁월한 기호학자로서의 역량은 그의 소설에 독특한 개성을 부여하고, 우리는 독자로서 색다르고 즐거운 경험을 누릴 수 있다.

밥상을 걷어차는 행패를 당하지 않으려면
어떡하든 김치 된장 이외 먹음직스런 찬이 하나는 더 있어야 했다. ……
함안댁은 파국에 계란을 풀어넣고
솥에 넣어둔 밥그릇을 꺼내어 밥상을 차린다. ……
계란국으로 속을 푼 김평산은 드물게
기분이 좋은 것 같았다.

_박경리, 『토지』 (1부 1권, 솔출판사)

계란프라이
한 장의 무게

계란프라이는 그녀의 가장 서러운 기억이다. 어머니는 큰오빠 도시락에만 계란프라이를 얹어 주었다. 형편이 어려워서가 아니다. 장 자의 권위를 형제들에게 으름장 놓는 거였다며 그녀는 쓸쓸하게 웃었다. 1980년대 중반의 일이다. 계란프라이는 그의 가장 경이로운 기억 이기도 하다. 그는 교문에서 하루도 빠짐없이 전경과 대치하며 대학을 다녔다. 급기야 유치장에 끌려갔는데, 끼니때가 되자 철제 도시락이 나왔다. 쌀보다 보리가 많은 밥, 그리고 단무지와 김치였다. 배는 고팠지만 젓가락이 잘 가지 않았다. 그러다 딱 한 명에게 사식이 들어왔다. 대단한 건 아니고 밥 위에 계란프라이를 얹고 멀건 국물을 곁들였을 뿐이었다. 유치장에 바글바글한 학생 전원이 그걸로 밥을 먹었다. 눈곱만 한 계란프라이 한 조각을 곁들인 것만으로 거친 보리밥이 먹을 만한 것이 된 것이다. 1990년대 초반의 일이다.

계란은 더 이상 비싸지 않다. 1980년대에도 90년대에도 이미 만만했는데 하물며 21세기에야. 하지만 한 줄 1,000원의 시대에도 냉면에 얹힌 계란 반쪽은 여전히 각별하다.

오랜 세월 계란은 평범한 사람의 손이 닿는 유일한 동물성 단백질이었고, 문자 그대로 셀 수 없이 많은 계란 요리가 개발되었다. 그중 가장 쉬우면서도 어려운 게 삶은 계란이다. 툭하면 터지고, 말끔하게 껍질 벗기기 힘든 데다가, 자칫하면 뻣뻣해진다. 촉촉하고 부드러운 계란을 먹고 싶다면 물의 온도를 80도에서 85도 사이로 유지해야 한다. 가끔 노른자 표면이 푸르스름해지는 것은 황화철 때문인데, 인체에는 무해하지만 보기에는 흉하다. 가급적 신선한 계란을 사용하고, 익는 대로 바로 불에서 내려, 찬물에서 재빨리 식힌다.

끓는 물에 계란을 깨 넣어 익히는 수란 역시 단순한 요리지만 어렵다. 왜냐하면 단호함과 섬세함을 동시에 요구하기 때문이다. 그만큼 보람 있는 요리기도 하다. 부드러운 흰자와 주르륵 흐르는 노른자는 그 자체로도 완벽하지만, 잉글리시 머핀에 얹어 계란과 버터로 만든 홀랜다이즈 소스를 듬뿍 뿌려 먹는 에그베네딕트 역시 많은 추종자를 거느리고 있다.

계란프라이는 쉬워 보인다. 팬을 달군다. 기름을 두른다. 계란을 깨 넣는다. 이 단순한 요리에 놀라울 정도로 많은 변종이 있다. 누구나 할 수 있고, 누구나 좋아하기 때문이다. 완벽한 계란프라이란 어떤 것인가에 대해서는 진저리나게 많은 의견이 있다. 계란을 그대로 부치는 대신 풀어서 지지면 오믈렛이다. 이란에서는 토마토를 넣고, 인도에서는

고수나 커민 등의 향료가 들어간다. 중국에서는 굴 오믈렛이 인기인데, 미국의 행타운프라이에도 베이컨과 함께 굴을 넣는다. 스페인의 토르티야 데 파타타스는 감자를 듬뿍 넣은 든든한 한 끼고, 이탈리아의 프리타타에는 치즈, 야채, 가끔은 남은 파스타까지 넣는다. 일본 오믈렛 다마고야키는 가다랑어 다시 국물로 농도를 조절하는데, 가끔은 마를 갈아 넣기도 한다.

함안댁은 남편의 밥상에 올릴 찬으로 당근과 시금치를 다져 넣은 한국식 오믈렛인 계란말이를 만들지 않았다. 파를 쫑쫑 썰고 새우젓으로 간을 맞춘 계란찜도 아니었다. 대신 계란국을 끓였다. 양을 늘리기 위해서였다. 지아비는 본디 양반이었다. 하지만 출신만 번듯하지, 농투성이에게까지 손가락질이나 받는 한심한 처지다. 노름판을 기웃거리느라 집에 붙어 있는 날이 없고, 어쩌다 들어오면 주먹이나 휘두르는 남편 대신 아내가 베를 짜고 밭을 매며 생계를 책임진다. 그녀의 인내는 강인함에서 나온 게 아니다. 그것은 중인 출신으로서 양반에 대한 체념적 순종이었다.

이번 생도 아닌 전생에서 미리 결정된 권위에 계란만큼 어울리는 음식도 없다. 왜냐하면 계란은 문자 그대로 하나의 작은 세계이기 때문이다. 50그램짜리 계란 한 개에 하나의 생명이 탄생하기 위해 필요한 모

든 것이 담겨 있다. 계란은 최고로 균형 잡힌 단백질 식품이고, 저렴히 손쉽게 구할 수 있으며, 한여름만 아니면 실온에서 여러 주 동안 보관할 수 있다. 하지만 계란은 일용의 양식 중 콜레스테롤이 가장 많은 음식이기도 해서, 한 개만 먹어도 1일 권장량의 3분의 2를 넘어선다. 그래서 한때는 소비가 급감했지만, 지금은 건강한 사람이라면 하루에 한 개 정도는 괜찮다는 게 정설이다. 조심해야 하는 것은 그보다는 살모넬라균이다. 닭의 배설물로 오염된 계란은 심각한 식중독을 일으킬 수 있다. 요즘은 모두 세척해 판매하지만, 그래도 냉장 상태의 것을 사서, 곧장 냉장고에 보관하고, 2주 내에 소비하며, 무엇보다도 제내로 익혀 먹어야 한다.

20년 전에는 백란이 많았지만 황란이 더 영양가가 높다는 얘기가 나온 후 백란은 자취를 감췄다. 하지만 껍질 색과 품질은 아무 상관없다. 사실, 닭 배 속에서 계란은 다 흰색이다. 낳기 직전 수란관에서 염료가

방출되어 색이 입혀지는 것이다. 못 믿겠으면 갓 낳은 알을 문질러 보라. 색이 지워진다. 염료는 품종에 따라 다르다. 보통은 흰색이나 갈색이지만 드물게 분홍이나 파랑, 얼룩덜룩한 청록색도 있다.

한국뿐 아니라 모든 문화에 선호하는 색이 있다. 미국 계란은 보통 흰색이지만 북동쪽 일부, 특히 뉴잉글랜드에는 갈색이 흔하다. 영국에서는 백란을 사기 힘들고, 일본에서는 반대로 황란을 안 판다. 푸른 계란은 어디서도 팔지 않는다. 아무도 좋아하지 않으므로, 아무도 생산하지 않기 때문이다. 그것이 상업 양계의 논리다.

⁑

오늘날의 양계 농장은 실은 공장이다. 1990년을 기준으로 세계 상업 양계의 75퍼센트와 미국의 95퍼센트가 케이지 사육이다. 닭장을 층층이 쌓아두고 키우는 케이지 사육은 초기 비용이 높지만 운영 비용은 낮다. 모이가 덜 들고, 배설물 처리가 용이하며, 계란 수집이 쉽기 때문이다. 따라서 좁은 공간에서 적은 노동력으로 키울 수 있다.

1,000원 계란을 먹는 사람들은 모른다. 케이지 닭에게 허용되는 공간은 A4 용지 한 장보다 작다. 닭은 날개를 퍼덕이거나 부리로 모이를 쪼거나 발톱으로 바닥을 팔 수 없다. 모래 목욕이나 둥지 짓기도 불가능하다. 스트레스 때문에 서로 쪼아대는 건 물론이고, 부리가 부러지거나 골격이 내려앉거나 대머리가 되는 닭도 많다.

　자연 상태에서 닭의 수명은 5년에서 10년이다. 하지만 상업 양계의 산란계는 거의 하루도 빠짐없이 알을 낳다가 1년 전후 산란율이 떨어지자마자 도살된다. 닭은 생물이라기보다는 계란 생산 공정인 것이다. 폐계를 추리는 과정을 흔히 '뽑아낸다'고 한다. 닭들이 빼곡하게 들어찬 케이지를 보면 그 말이 은유적 표현이 아니라는 사실을 알 수 있다.

　동물 복지에 대한 목소리가 높아지며 방사 계란이 늘고 있다. EU는 산란계의 케이지 생산을 제한하는 법안을 도입했다. 2012년 1월 1일부터 효력을 발휘할 예정이었지만, 수긍하지 않는 회원국이 여전히 많은 형편이다. 풀어 키운다고 모든 문제가 해결되는 것은 아니다. 2010년 기준 미국에는 '방사'의 법적 정의나 규제가 없다. 검수 시스템도 마찬가지다. 미국 양계협회 대변인조차 방사 사육이 기본적으로 실내 사육이라

는 사실을 인정할 정도다. 닭이 햇볕을 쬐며 자유롭게 풀밭에서 노니는 광경은 순진한 도시 소비자의 상상일 뿐이다. 많은 방사계가 창도 없는 계사에서 바글댄다. 그 계사에는 아주 작은 문이 딱 하나 있고, 간신히 나가면 울타리를 둘러친 마당인데 좁아터져서 닭들이 한꺼번에 나갈 수도 없다. 제대로 된 방사에는 훨씬 넓은 공간과 섬세한 보살핌이 필요하다. 초지를 여러 구역으로 나누고 돌아가며 풀어 놓아, 땅이 황폐화되거나 배설물이 쌓이지 않도록 해야 하기 때문이다. 상업 양계의 관점에서 이는 비용 증가일 따름이다. 당연히 출고가도 올라간다.

닭이 행복하려면 100년 전으로 돌아가는 수밖에 없다. 각자 마당에 예닐곱 마리씩만 키우면서 이틀이나 사흘에 한 번씩 낳는 계란을 소중하게 먹든가, 아니면 모아서 판다. 그 계란은 매우 비쌀 것이다. 캐비아가 고가인 것은 상관없다. 하지만 김치볶음밥에 계란프라이를 얹지 못하는 현실을 견딜 수 있을까?

함안댁은 계란 네 개를 얻기 위해 명주 저고리 한 벌을 지어 주었다. 아무리 손이 빨라도 꼬박 이틀은 걸렸을 것이다. 계란 한 알을 얻기 위해 반나절의 노동을 감내할 수 있을까? 나는 못한다. 우리는 못한다. 이대로 닭들을 학대하는 수밖에 없다.

『토지』 박경리

1969년 박경리가 『현대문학』에서 『토지』의 연재를 시작했을 때 그녀는 마흔셋이었다. 1994년 원고지 4만 장을 마침내 탈고하자 예순여덟이 되었다. 작가로나 인간으로나 전성기를 송두리째 바친 셈이다.

『토지』는 누가 뭐래도 한국 현대문학을 대표하는 소설이다. 하지만 완독한 사람이 그리 흔하지는 않다. 이 책에 쉽게 접근 못하는 것은 방대한 분량보다는 그 이름의 무게 때문이다. 나한테는 너무 어렵지 않을까? 공연히 집었다가 꼴사납게 포기하지 않을까? 읽어 보고 싶은 마음이야 굴뚝같지만 감히 도전 못하고 우물쭈물한다.

하지만 이 책은 강인한 미녀와 다정한 미남이 뜨겁게 사랑하는 로맨스고, 처절하고 집요한 복수극이며, 스케일 한번 화통한 액션물인 데다가, 물론 야한 장면도 심심찮게 나온다. 속는 셈 치고 시도해 보시기를. 우리 동네 도서관 『토지』는 제법 너덜너덜하다.

그루얼이 차려졌다.
금방 끝날 식사를 위한 기나긴 기도가 읊조려졌다.
죽이 사라졌다.
소년들은 서로 속삭이며 올리버에게 눈짓을 보냈다.
…… 그는 식탁에서 일어나서
숟갈과 주발을 들고 원장에게 다가갔다. ……
"더 주세요."

_찰스 디킨스, 『올리버 트위스트』

그 아이들의
죽한그릇

편식 따위, 내 사전엔 없다. 나로 말하자면 오빠와 남동생 사이에서 처절하게 경쟁하며 자란 고명딸이다. 나 아니라도 먹을 사람 많다, 지금 안 먹으면 영원히 못 먹는다는 진리를 일찌감치 깨우쳤다. 그래도 유일하게 거부하는 게 있으니 그것은 진밥이다. 밥이라면 무조건 된밥! 불면 날아가는 고두밥! 안남미에는 열광하지만 떡밥은 먹는 족족 얹힌다. 죽도 물론 싫다. 배탈로 몸이 비비 꼬이건 고열에 헛소리를 하건 절대 끓이지 않는다.

나는 『올리버 트위스트』를 책보다 영화로 먼저 보았다. 1968년 작 뮤지컬에서 올리버가 죽 그릇을 내밀며 그 유명한 대사를 하는 장면에서 어안이 벙벙해졌다. 말 한마디 잘못했다가 구빈원에서 쫓겨나 파란만장한 거리의 삶으로 팽개쳐지는 고아 소년이 한심하고 가엾어서가 아니다. 고기나 빵이면 몰라, 어째서 죽 따위를 더 달라는 걸까? 『돌아온 메리 포핀스』의 제인은 그림에서 빠져나온 듯한 착한 아이지만 쌀 튀밥 대신 포리지를 먹으라는 말에 바로 가출한다. 『비밀의 화원』의 메리는 미슬스웨이트 저택의 첫 아침 식사에 나온 포리지 그릇을 밀쳐 내 하녀

마사를 기절초풍시킨다. "시상에, 포리지가 싫다굽쇼? 트리클이나 설탕을 좀 쳐 먹으면 얼마나 맛난디." 세상에나, 마사보다 내가 더 기절초풍했다. 안 그래도 맛없는 죽에 설탕까지 친다고? 도대체 왜?

                                    ✕

　오븐과 빵의 시대가 오기 전 포리지는 유럽인이 곡물을 섭취하는 가장 보편적인 방법이었다. 주로 귀리로 만들지만 쌀, 밀, 보리, 옥수수, 하다못해 콩으로도 쑨다. 『비밀의 화원』의 배경인 영국 요크셔 지방에서는 곱게 간 귀리로 끓인 포리지를 우유와 같이 낸다. 그러고는 무슨 메밀국수라도 먹는 것처럼, 포리지를 한 숟갈 가득 떠서 우유에 담갔다 먹는다.

　올리버가 요구한 것은 포리지보다 훨씬 묽은 그루얼gruel이다. 숟갈도 필요 없이 훌훌 들이켜는 그루얼은 빈곤과 직접적으로 연관되어 있다. 물만 더 타면 양을 얼마든지 늘릴 수 있기 때문이다. 하지만 그루얼이 구빈원 식탁에 한 끼도 빠짐없이 올라온 것은 돈 때문만은 아니었다. 영국 구빈원 제도의 입안자들은 음식과 의복을 적절한 동시에 지나치지 않은 수준으로 공급하는 데에 심혈을 기울였다. 가난은 순전히 게으름 때문이라고 믿었기 때문이다. 구빈원에서 너무 잘해줘서 빈민들이 일할 생각 없이 눌어붙으면 곤란했다.

　정부는 구빈원을 부러 우울한 곳으로 만들었다. 빈민들은 구빈원 문

Gruel

Oliver Twist

이 열리기를 기다리며 가진 돈을 땅에 묻고, 성냥과 담배는 양말 속에 숨겼다. 들어갈 때 몽땅 빼앗기기 때문이다. 입은 옷을 홀라당 벗고 강제로 목욕하고 허벅지까지 내려오는 셔츠 한 벌을 달랑 입으면 질로 보나 양으로 보나 감옥만도 못한 음식이 나온다. 다 먹으면 골방으로 몰아넣고 문을 잠근다. 구빈원은 아내와 남편, 부모와 자식을 따로 갈라 수용했다. 빈민들은 구빈원을 혐오했고, 나아가 두려워했다.

하지만 그루얼은 빈민만의 음식은 아니다. 제인 오스틴의 소설 『에마』의 유복한 중산층 신사 헨리 우드하우스는 소화가 잘되어 건강에 좋다는 논리로 그루얼을 칭송한다. 빅토리아시대 영국 노동자계급의 평균 수명은 17세였고, 상류층도 38세에 불과했다. 감기 한 번 걸려도 툭하면 죽어 나가던 시대의 사람들은 소화불량에 대해 현대인으로서는 상상할 수 없는 공포를 갖고 있었다. 젖 뗀 후부터 열일곱 살까지 아이들에게 먹이는 것은 양고기, 감자, 빵, 우유, 푸딩, 포리지가 고작이었다. 성인이 먹는 음식은 소화시키지 못한다고 생각했기 때문이다. 주는 양도 적어서 빈민층뿐 아니라 사립학교 기숙사에서 생활하는 부잣집 아이들도 배를 곯기 일쑤였다.

동양에서도 죽은 환자·아동·노인식이거나, 아니면 입맛 없는 아침에 먹는 음식이었다. 중국의 콘지를 필두로 아시아 죽의 기본은 쌀이다. 거기에 고기, 야채, 해물, 하다못해 돼지 선지까지 오만가지를 넣고 끓여서 장아찌나 건어물, 소금에 절인 계란 등 짭짤하거나 새콤한 반찬을 곁들인다. 중국을 비롯해 동남아 여러 국가에서는 요우티아오라는 튀김 빵을 같이 먹기도 한다.

죽이 없는 문화는 없다. 귀리를 우유에 끓여 설탕과 버터를 곁들이는 폴란드의 자치에르카, 옥수수 가루로 끓인 멕시코의 아톨레, 하도 걸쭉해서 무스에 가까운 이탈리아의 폴렌타, 차를 부어 마시는 티벳 보리죽 참파, 코코넛 밀크를 뿌려 커리와 처트니를 곁들이는 인도의 간지……. 이 다채로운 죽들은 인간이 탄수화물 없이는 살 수 없다는 사실을 보여준다. 인류의 역사는 탄수화물의 역사다. 동서고금을 통틀어 어떤 문명이건 밀이나 쌀, 옥수수를 소비하며 이어졌다. 한국의 밥, 인도의 차파티, 멕시코의 토르티야, 프랑스의 바게트, 폴리네시아의 빵나무 열매까지, 사람들은 복합 탄수화물을 먹지 못하면 고기나 채소를 아무리 많이 먹어도 굶었다고 생각한다.

한 세기 전만 해도 세계 인구의 85퍼센트가 생존에 필요한 열량을 한 종류의 전분 식품에서 섭취했다. 값비싼 지방이나 단백질 식품은 섭취할 여력이 없었기 때문이다. "허지만, 우리 농민들의 육체는 비타민 A가 어떠니 B가 어떠니 하는 현대의 영양학설은 당최 적용되지 않는데 그래두 곧잘 살거든요." 『상록수』의 배경은 1930년대다. 그 무렵 진종일 육체노동을 하던 농민들의 끼니는 쌀을 양념처럼 둔 보리밥이나 조가 반 넘어 섞인 덩어리를 짠지와 고추장으로 먹는 게 전부였다.

21세기에는 계란이나 고기가 그리 비싸지 않으며, 지방은 가장 저렴한 음식이라고 해도 과언이 아니다. 그럼에도 불구하고 탄수화물에 대한 과도한 의존은 달라지지 않았다. 2010년 개정된 한국인 영양섭취기준KDRIs은 19세 이상 성인이 총 칼로리의 55~70퍼센트를 탄수화물, 7~20퍼센트를 단백질, 10~25퍼센트를 지방으로 섭취하도록 권고하고 있다. 하지만 적잖은 사람들이 권장치 이상의 탄수화물을 섭취하는데, 특히 여자들이 심각하다.

많은 여성들이 탄수화물 중독자를 자처한다. 원인이야 뭐건 일단 스트레스를 받으면 무언가 자동으로 먹고 싶어지는데, 그 무언가는 언제나 빵이나 케이크나 파스타나 떡볶이다. 그리고 한번 먹기 시작하면 멈출 수 없다. 탄수화물 중독은 엄밀한 의미에서 과학적 개념은 아니다. 하지만 흔하게들 쓰는 개념이고, 탄수화물 중독을 마약이나 술과 같은 맥락에서 다루는 재활 기관도 있다.

인간은 왜 탄수화물에 집착하는 걸까? 어떤 사람들은 이를 호르몬 불균형으로 설명한다. 인슐린은 췌장에서 분비하는 호르몬이다. 인체는 이를 사용해 탄수화물을 에너지로 전환한다. 탄수화물을 과도하게 섭취하면 인슐린이 과잉 분비되고, 따라서 급속하게 분해가 이뤄져 혈당치가 급격히 떨어지므로, 신속한 에너지원인 탄수화물을 다시 욕망하게 된다. 이런 과정이 반복되면 일종의 내성이 생겨서 인슐린의 분해

효율성이 떨어지고, 그 결과 더욱 과잉 분비되는 악순환이 일어난다는 논리다. 하지만 이는 아직 충분히 증명되지 않은 가설이며, 탄수화물 폭식은 순전히 학습된 반응이라고 주장하는 사람들도 많다. 과자나 빵을 먹고 기분이 좋아진 기억 때문에 슬프거나 화날 때 습관적으로 찾게 된다는 것이다.

분명한 것은, 탄수화물은 다른 것을 죄다 포기하더라도 마지막까지 매달리는 먹을거리라는 사실이다. 곡기를 끊는 것은 곧 생을 포기하는 것이다. 하지만 맹물과 크게 다르지 않은 멀건 죽일지언정 탄수화물만 있다면 어떻게든 질긴 목숨을 이어갈 수 있다. 동시에, 탄수화물은 다른 게 아무리 많아도 반드시 챙기는 먹을거리기도 하다.

20세기 이전에는 빈곤해서 탄수화물만 먹었다면, 21세기 이후에는 풍요로워서 탄수화물을 먹는다. 19세기 빈민들이 그루얼에 물을 탄 것과 20세기의 우리가 도넛을 기름에 튀겨 설탕을 뿌리는 것은 같은 맥락이다. 부족하면 어떻게든 늘려 먹고, 남으면 조금이라도 더 먹을 방법을 궁리한다. 왜냐하면 탄수화물은 당이고, 단것은 맛있기 때문이다.

나는 죽을 싫어하지만 밥은 좋아한다. 세상에서 가장 맛있는 것은 갓 지은 밥이다. 그리고 가장 완벽한 밥반찬은 소금이다. 김이 모락모락 나는 밥을 듬뿍 떠 넣는다. 성급하게 넘기는 대신 찬찬히 씹는다. 씹을수록 단맛이 돈다. 그 즐거움이 사그라지기 직전 소금을 아주 조금만 찍어 먹는다. 단맛, 짠맛, 다시 단맛, 짠맛. 순수한 맛의 향연이다.

『올리버 트위스트』 _{찰스 디킨스}

올리버는 구빈원에서 태어났다. 아버지는 원래 없고, 어머니는 출산 직후 사망했다. 말 한마디 잘못했다 쫓겨난 후 장의사에게 고용되는데, 얼굴이 어찌나 우울한지 장례식에 세워 놓고 분위기 잡기 딱 좋아서였다. 하지만 동료의 모함에 휘말려 그곳을 떠나는데, 런던으로 간 올리버를 기다리고 있는 것은 도둑, 사기꾼, 폭력배의 세계였다. 그러고는 갖은 우여곡절을 겪은 끝에 가족을 찾아 행복해진다는, 빤하지만 안심이 되는 이야기.

찰스 디킨스는 빅토리아시대를 대표하는 소설가다. 그는 당대의 최고 인기 작가인 동시에, 역사상 유례없는 부와 비참함이 공존한 시대를 후대에게 가장 생생하게 전한 작가기도 하다. 살아생전 누린 절대적 인기는 죽은 후에도 변함없어서, 그의 책은 단 한 번도 절판된 일 없이 계속 나오고 있다. 그 당시 가장 많이 팔린 책은 『두 도시 이야기』이고, 현재 가장 인기 있는 책은 『위대한 유산』과 『두 도시 이야기』로 추정된다. 하지만 나에게는 역시 『데이비드 코퍼필드』야말로 좋은 의미에서건 나쁜 의미에서건 가장 디킨스적인 책이다.

꼬마 소녀들은 무엇으로 만들었을까?
설탕과 향료, 그리고 뭐든 좋은 건 몽땅.
꼬마 소녀들을 만든 건 그거야.

_작자 미상, 『마더구스』

악마의 유혹은
바삭바삭하다

소박한 의문이 있다. 어째서 몸에 나쁜 것은 맛있을까. 맛있다고 전부 나쁘진 않고, 나쁘다고 다 맛있지도 않다. 그렇지만 살짝만 지져 끄트머리는 바삭하면서도 비계가 말랑거리는 베이컨은, 떡볶이 국물에 푹 담갔다 야금야금 먹는 김말이 튀김은, 노릇하게 지진 스팸 한 조각을 척 얹어 먹는 따끈따끈한 쌀밥은 어쩌자고 이렇게나 맛있는 걸까. 피곤하거나 우울하거나 짜증날 때 생각나는 것은 라면이나 햄이나 케이크에다 맥주와 브랜디와 보드카지, 잡곡밥이나 두부부침이나 버섯볶음이 아니다. 나라는 인간의 몸은 자기보호본능 따위는 없는 것 같다. 몸이 안 좋을수록 좋은 걸 먹어야 하건만, 반대로 한번 망가진다 싶으면 제대로 망가져 줘야 직성이 풀린다.

밀가루는 나쁘다. 기름은 나쁘다. 설탕은 나쁘다. 혼자서도 충분히 나쁜데 셋이 뭉치면 기절하게 나쁘다. 여자아이들은 그런 걸로 만들어졌다. 설탕과 향료, 그리고 좋은 것들. 은근슬쩍 얼버무린 '뭐든 좋은 것'은 기름과 밀가루가 틀림없다. 아름답고, 사랑스럽고, 나쁘다.

『대지』에서 가난한 농투성이 왕룽은 부잣집 종 오란을 아내로 맞는다. 시집와서 처음 맞는 명절에 그녀는 설탕과 돼지기름으로 생전 처음 보는 과자를 만들었다. 월병, 영어로 하면 어쩐지 더 낭만적인 문 케이크. 오란은 완성된 과자를 고스란히 전 주인댁 선물로 바쳤다. 왕룽은 맛도 못 보았지만 상관없었다. 그것은 감히 넘볼 수 없는, 고귀하고 아름다운 세계였다. 살짝 들여다보기만 했기에 더 아름다운 짧은 꿈이고, 후일 부자가 되어 아름다운 첩들을 거느리고 흥청망청 살면서도 결코 누리지 못한 행복이었다. 그것은 페이스트리다. 빵이나 밥이 아닌 과자고, 주식이 아닌 간식이고, 필수품이 아닌 사치품이다.

페이스트리라는 말은 페이스트, 즉 '바삭' 소리가 난다는 데에서 왔다. 똑같이 밀가루 음식이지만 빵은 쫄깃하고 페이스트리는 바삭바삭하다. 그 식감의 비결은 누가 뭐래도 기름진 반죽이다. 유지를 아낌없이 넣은 반죽을 조심조심 섞는다. 빵 만들 때처럼 치대면 밀가루에 수분이 침투해 글리아딘과 글루테닌 단백질이 팽창 및 결합되어 글루텐이 형성된다. 글루텐의 점성과 탄성은 맛있는 빵의 필수 요소지만, 페이스트리에는 최악의 불상사다. 행여 글루텐이 생기지 않게 조심조심, 밀가루를 낱낱이 기름 코팅해 수분을 철통같이 막는다. 수분 함량이 높은 버터 대신 소나 돼지기름을 쓰면 더욱 확실하다.

이 바삭바삭한 악마는 인류의 시작부터 함께해 왔다. 기원전 1700년

메소포타미아의 점토판에 페이스트리로 감싼 새 요리가 설형문자로 기록돼 있고, 기원전 5세기 아리스토파네스의 희곡에도 페이스트리가 등장한다. 이후 주로 중동에서 발달하다 십자군전쟁으로 유럽에 전해졌으며, 중세에 라드와 버터를 쓰기 시작하며 비약적으로 발전했다. 하지만 중세 시대의 페이스트리는 음식이라기보다는 그릇이었다. 상류층은 코핀coffin, 즉 상자라고 불린 딱딱한 페이스트리에 담은 고기나 채소만 먹었고 '그릇'은 버려지거나 가난한 사람들 차지가 되었다.

17세기 들어 설탕이 비교적 흔해졌다. 속 재료로 설탕절임 과일을 쓰게 되며 페이스트리는 짭짤한 식사가 아닌 달콤한 간식이 되었다. 더불어 흙이나 금속 재질의 파이 팬이 보급되어 그릇 노릇을 할 필요가 없어졌으니, 껍질은 점점 얇고 바삭바삭해졌다. 페이스트리의 현재 모습이 완성된 것은 19세기에 이르러 요리사의 왕이라 불리는 마리-앙투안 카렘에 의해서다.

요즘은 사탕만 빼고 달콤한 디저트를 모두 페이스트리로 뭉뚱그려 부르기도 한다. 크루아상이나 애플턴오버는 물론, 케이크도 쿠키도 페이스트리다. 위키피디아에서는 떡, 한과, 약식까지 한국의 페이스트리로 분류한다. 쫄깃쫄깃한 떡이나 사르르 녹는 한과는 분명 맛있다. 하지만 페이스트리의 노예로서 나는 이런 관대한 정의는 인정할 수 없다. 나에게 페이스트리는 데니시 페이스트리, 크루아상, 에클레르, 천층수처럼 한입 깨물면 층층이 바삭바삭 부서지는 것들뿐이다. 그 좁아터진 정의에 들어맞는 한과는 개성약과뿐이다.

개성약과는 반죽에 물 한 방울 안 들어가는 귀한 과자다. 후추, 소금, 계핏가루, 밀가루에 참기름을 넣고 손바닥으로 비벼 체에 내린다. 소주, 꿀, 생강즙으로 반죽해 잠시 재웠다 밀대로 밀고, 접었다 밀고, 또 접었다 민다. 네모꼴로 잘라 낮은 온도의 기름에서 켜켜이 부풀리다 때가 되면 온도를 높여 노릇노릇하게 마무리한다. 행여 식을까 서둘러 물엿, 꿀, 물, 생강편 끓인 것에 담근다. 냄새도 냄새지만 꿀물이 파스스 스며드는 소리는 정말이지 참을 수 없다.

왕룽뿐 아니라 내게도 페이스트리는 아름다움과 행복의 상징이다. 나는 그것을 숭배한다. 하지만 왕룽의 월병과 달리 손이 안 닿는 존재는 아니다. 반대로 너무 잘 닿아 걱정이다. 맛있다는 제과점은 강을 건너서라도 찾아가고, 간장 사러 마트 가서도 제빵 코너를 기웃대고, 꿈에라도 혹시 나오면 편의점으로 달려간다. 어떻게든 손에 넣은 것을 먹고 또 먹으며 몸을 떤다. 혓바닥에 닿는 고소한 맛, 깨물 때의 바삭한 소리, 기름의 고소한 냄새, 그리고 입천장을 스치는 뻑뻑한 느낌. 맛으로 한 번, 냄새로 한 번, 소리로 한 번, 그리고 질감으로 또 한 번, 페이스트리는 나를 네 번 죽인다.

어린 소녀는 아니지만 나 역시 설탕과 향료, 그리고 그 밖의 모든 나쁜 것들로 이뤄져 있다. 하지만 현대 여성으로서 마더구스를 읊는 대신

「파워퍼프 걸」을 시청한다. 「파워퍼프
걸」은 1998년 카툰네트워크에서 방영
된 애니메이션이다. 유토니움 박사는
설탕, 향신료, 그리고 모든 좋은 것들로 완벽한 여자
아이들을 만들려고 했다. 그런데 실수로 들어간 케미컬 엑
스가 초능력을 부여한다. 블로섬과 버블과 버터컵은 얼핏 보면
그냥 귀여운 여자아이들이다. 하지만 엄청나게 힘이 세고, 하늘을 날
아다니며, 동물과 이야기할 수 있다.

　「파워퍼프 걸」은 방영 즉시 엄청난 인기를 얻었고 에미상 후보에도
다섯 차례나 올랐다. 하지만 비판도 많이 받았는데, 여자아이가 주인
공인 만화 사상 유례없는 폭력성 때문이다. 어린 소녀들뿐 아니라 성
인 여성들까지 열광한 건 오히려 그래서다. 툭하면 납치되어 구해주기
만 기다리는 여자 주인공을 좋아하는 건 남자들뿐이다. 강인하고 독립
적인 현대 여성은 직접 악당을 물리칠 수 있다. 그녀들에게 필요한 것은
언제든 손이 닿는, 사소한 격려뿐이다.

　페이스트리는 행복한 날의 동반자다. 또 한 번의 추운 겨울을 견디
고 새봄을 맞을 때마다 나는 단골 제과점에 딸기 타르트 한 판을 주문
해 앉은 자리에서 몽땅 해치운다. 페이스트리는 우울한 날의 동반자기
도 하다. 오래오래 준비한 시험을 어처구니없는 실수로 망친 날, 피붙이
에게서 모진 소리를 들은 날, 애인이 양다리를 걸쳤다는 사실을 깨달은
날, 나는 페이스트리를 샀다. 그것도 너무 달아서 죽을 것 같은 걸로. 배

가 터질 것 같아도 꾸역꾸역 밀어 넣으며 거울 속에서 물끄러미 쳐다보는 못생긴 여자에게 말한다. 괜찮아. 지금은 먹어. 그리고 힘내는 거야.

케미컬 엑스의 정체는 틀림없이 죄책감일 것이다. 지방과 설탕과 밀가루에 탐닉하면서도 결코 떨칠 수 없는 그것. 목구멍에서 꺼끌거리는 죄책감마저 나는 꾸역꾸역 삼킨다. 왜냐하면 현대인에게는 『마더구스』의 시대보다 초능력이 절실하니까.

나는 어제 만주를 먹었고, 오늘은 슈크림을 먹고 있으며, 내일은 바클라바를 먹을 것이다. 죄책감도 찰거머리처럼 달라붙겠지만 어쩌겠는가. 자기 전 윗몸일으키기나 몇 개 해주는 거다. 페이스트리는 나를 배반하지 않는다, 물론 당신도.

『마더구스』 _{작자 미상}

마더구스는 엄밀하게 말하자면 사람이다. 「험프티 덤프티」니 「리틀 미스 머핏」이
니 하는 동시들을 그녀가 지었다는데, 물론 역사적 인물이라기보다는 가상의 작가
다. 하지만 보통 통하기로는 마더구스 하면 서구에서 오래전부터 내려오는 동화나
동시를 뭉뚱그려서 부르는 말이다. 이 시들을 소리 내어 읽으면, 아니면 아예 노래
로 부르면 즐겁다. 문자 그대로 수많은 사람들의 입을 오랜 세월 거치며 혀에 착착
달라붙게 되었기 때문이다. 하지만 눈으로 읽으면 얘기가 달라진다. 무슨 뜻인지
표면적으로는 알겠는데, 정신병자가 쓴 것처럼 맥락이 중구난방이다.

이 오래된 이야기들이 여전히 사람을 홀리는 것은 어쩌면 그 때문일 것이다. 기묘
한 빈 공간이 오히려 읽는 이의 상상력을 자극하는 것이다. 마더구스가 『이상한 나
라의 앨리스』와 더불어 가장 많은 일러스트레이터들의 도전을 받은 이야기인 것 역
시 이 때문이다. 19세기의 랜돌프 칼데콧이나 아서 래컴부터 시작해, 최근에는 메
리 엥겔브릿과 앤서니 브라운까지, 조금이라도 이름 있는 작가라면 모두 『마더구
스』를 냈다고 해도 과언이 아니다. 그래도 나에게는 케이트 그리너웨이의 1881년
작이 최고다.

살다 보면 속 보이는 위로마저 간절한 순간이 있다. 인간은 결국 나약한 존재고, 골이 너무 깊으면 헤어나려고 노력하기보다는 주저앉는 편을 선택한다. 진심 따위, 보이지도 않고 만질 수도 없는데 무슨 소용이란 말인가. 다시 노력할 용기를 주는 것은 속마음이야 어쨌건 따뜻한 한마디다. 진정한 위로는 결국 스스로 찾아야 한다는 것을 우리 모두 안다. 그래도 사소한 도움을 받는 것은 나쁘지 않다.

치유자의 식탁

"버터를 그렇게 조금만 넣고 수프를 만들려는 게야?"
그는 버터 접시를 움켜쥐고는 몽땅 프라이팬에 쏟았다.
버터는 더 이상 없었다. 호트케이크는 더 이상 없었다.

_엑토르 말로, 『집 없는 소년』

소년의 크레프,
남자의 양파 수프

레미는 버려진 아기였다. 하지만 여덟 살까지는 그 사실을 몰랐다. 엄마는 레미가 울음을 터트릴 때마다 꼭 안아 주었고, 잠들기 전 반드시 입을 맞춰 주었으며, 창틀이 떨어져 나갈세라 바람이 몰아치는 날에는 꽁꽁 언 발이 따뜻해질 때까지 어루만져 주었다. 그리고 매년 마디그라에는 호트케이크를 굽고 사과를 튀겨 주었다.

기독교 문화에서 사순절은 40일간 금식하며 부활절을 준비하는 기간이다. 사순절이 시작되는 '재의 수요일' 전날에는 마지막 잔치를 벌이는데 이날을 '기름진 화요일'이라는 뜻의 마디그라라고 부른다. 가난한 시골 마을에서도 가장 가난한 레미네 집에서 호트케이크를 먹을 수 있는 것은 이날뿐이었다.

호트케이크는 핫케이크다. 1980년대에는 원서를 바로 번역하는 대신 일본어판을 중역하는 일이 흔했다. 특히 어린이 책은 십중팔구 그랬는데, 그 난리 통에 핫케이크의 일본식 발음 호토케키가 호트케이크로 바뀐 것이다. 뜨거워야 제맛이라 핫케이크, 이름 한번 단순하다. 하지만 팬케이크라고 부르는 사람이 더 많은데 작명 원리는 이번에도 단

Beignets aux pommes

Crêpe

Onion Soup

NOBODY'S BOY

순하다. 오븐이 아니라 팬에 구우니까 팬케이크다.

⋮

　최초의 오븐은 일찌감치 기원전 3200년 인더스 문명에서 발명되었다. 하지만 집집마다 하나씩 흔하게 쓰기 위해서는 거의 5,000년을 기다려야 했다. 그전에는 오븐 대신 평평한 팬에 빵 대신 팬케이크를 부쳤다. 에티오피아의 잉야르에서 인도의 도사까지, 팬케이크는 유럽은 물론 아프리카나 아시아에도 존재한다. 보통은 즉석에서 반죽해 굽는 퀵브레드지만, 이스트나 사워도우로 느긋하게 부풀렸다 굽기도 한다.

　레미네 마디그라 별식은 실은 프랑스판 팬케이크인 크레프다. 프랑스에는 마디그라에 크레프를 구우며 소원을 비는 전통이 있다. 오른손에 금화를 쥐고 왼팔로 공중에서 팬을 흔들어 크레프를 뒤집는 데 성공하면 남몰래 간직한 소원이 이뤄진다고 한다.

　크레프는 소박하게 설탕만 뿌려 먹기도 하지만 보통은 곁들이를 얹어 돌돌 말거나 꽁꽁 싸서 먹는다. 치즈, 아스파라거스, 햄, 시금치, 버섯 등을 곁들이는 짭짤한 크레프는 끼닛거리로 충분하고, 과일, 누텔라, 설탕, 메이플시럽, 휘핑크림과 함께하면 달콤한 디저트가 된다. 크레프 여러 장을 크림을 발라 가며 층층이 쌓으면 밀크레프고, 크레프에 설탕과 리큐르를 끼얹고 한바탕 불쇼를 벌이면 크레프쉬제트 대령이다. 단백질 파우더, 계란 흰자, 코티지치즈, 땅콩버터를 크레프로 돌돌 만

보디빌더 크레프라는 게 있는가 하면, 안심 스테이크를 반죽으로 감싸 구운 비프 웰링턴 역시 일종의 크레프로 볼 수 있다. 밀가루 대신 메밀가루로 만든 짭짤한 크레프는 갈레트라고 부르는데, 얇게 부친 메밀전에 무나물을 싸 먹는 제주도 빙떡과 놀라울 정도로 흡사하다.

⚊

레미네 크레프에는 아무 곁들이도 없지만 대신 베녜beignet가 있다. 베녜는 프랑스식 튀김 빵이다. 그냥 반죽만 튀기기도 하고, 과일이나 잼을 넣기도 한다. 레미가 먹은 베녜오폼beignets aux pommes은 튀김 빵보다 사과 튀김에 가깝다. 사과 껍질과 씨를 제거하고 얄팍하게 썬 후 옷을 입혀 튀겨낸다. 설탕과 시나몬 파우더를 듬뿍 뿌려 따뜻할 때 먹는다.

레미네 마디그라 식탁에 크레페와 베녜가 같이 올라온 것은 동일한 반죽을 사용하기 때문이다. 하지만 올해는 둘 다 없다. 파리에서 석공 일을 하는 아버지가 크게 다쳤다는 소식이 날아왔기 때문이다. 돈을 보내기 위해 엄마는 암소를 팔았다. 시골에서 소란, 녀석이 있는 한 굶지는 않는다는 의미다. 이제 소가 없으니 수프에 넣을 버터도, 감자를 적실 우유도 없다. 아침에는 빵뿐이고 저녁에는 소금 뿌린 감자뿐이다. 레미는 알고 있었다, 마디그라가 와도 크레프는 없고, 베녜도 없으리라는 것을. 여덟 살배기 꼬마는 이미 체념하는 것을 배운 것이다.

하지만 집에 오니 우유, 버터, 계란, 그리고 사과가 기다리고 있었다.

아쉬운 소리 하는 것을 질색하는 엄마였지
만 레미를 위해 이웃집에서 꿔 온 것이다.
올해도 크레프를, 그리고 베녜를 먹을 수
있다. 레미는 사과 껍질을 벗기고, 엄마는 밀가
루에 계란을 깨 넣고 우유로 반죽했다. 그러고는 헝겊을 덮어 따뜻한
재에 올려 두었다. 저녁즈음이 되자 반죽이 잘 부풀어 윗부분에 작은
거품이 생기고 좋은 냄새가 났다.

요즘 크레프는 얇다. 무조건 얇아야 한다. 하지만 1878년 즈음 프랑
스 시골 사람들의 생각은 달랐던 모양이다. 반죽을 반나절이나 발효시
킨 것은 크레프를 도톰하고 폭신하게 만들기 위해서다. 그래도 크레프
를 제대로 부치려면 팬부터 달궈야 한다는 사실은 마찬가지다. 팬이 충
분히 뜨거워지면 버터를 한 조각 녹인다. 지글지글 귀가 즐겁고 고소하
게 코가 간질거린다. 반죽을 한 국자 떠내 팬에 올린 순간, 요란한 소리
와 함께 오두막 문이 열렸다.

몇 년 만에 돌아온 남편을 보자마자 아내는 달려가 안기는 대신 프라
이팬부터 불에서 내렸다. 크레프는 순식간에 부쳐지는 녀석이다. 조금만
한눈팔면 타고 눋는다. 만일 아버지가 딱 30분, 아니 15분만 늦게 들이닥
쳤더라도 레미의 접시 위에는 이미 크레프가 층층이 쌓여 있었을 것이다.

"수십 리를 걸어온 사람한테 이런 걸 먹이려는 건 아니겠지." 예나 지
금이나 크레프를 좋아하는 건 여자, 그리고 아이다. 남자는 크레프 굽
는 꼬락서니에 대뜸 화를 냈다. "여기 버터가 있군, 그리고 양파도. 팬에

서 크레프를 치우고 양파를 볶아." 어머니는 시키는 대로 수프를 만들기 시작했다.

추운 겨울, 특히 지친 몸으로 귀가했을 때 오븐에서 갓 꺼낸 뜨거운 양파 수프만 한 것은 없다. 숟가락을 꼭 쥐고 노릇노릇한 치즈를 죽죽 늘려 가며 떠먹는 맛이라니! 하지만 치즈가 없다고 맛있는 수프를 만들 수 없는 것은 아니다. 말투는 비록 거칠어도 남자는 제대로 알고 있었다. 양파를 볶는 것이야말로 양파 수프의 처음이자 끝이다.

⁝

양파 수프는 로마 제국 때부터 존재한 전통 있는 요리다. 하지만 오늘날의 모습이 완성된 것은 18세기 프랑스에서다. 양파 수프의 풍부한 맛은 육수보다는 캐러멜화 된 양파 덕분이다. 이는 양파의 당분이 녹아 타서 갈색이 된 상태를 말한다. 캐러멜화의 핵심은 수분을 날리는 것이다. 올리브유, 버터, 베이컨 기름, 뭐든 좋다. 양파에 기름과 소금을 충분히 뿌린 후 뚜껑을 덮고 아주 약한 불에서 볶는다. 소금과 열기가 양파에서 수분을 빼앗으면 마지막 단계에 코냑이나 셰리를 부어 눌어붙은 것을 박박 긁어 준다. 갈색으로 끈적해진 양파를 내열 그릇에 담아 쇠고기나 닭고기 육수를 붓는다. 바삭바삭한 빵 조각을 띄우고 치즈를 듬뿍 얹어 그릴에 구우면 완성이다.

수프가 아니라도 많은 서양 요리는 양파를 볶는 것에서 시작한다.

그 과정에 대한 믿음과 권위가 얼마나 대단한지, 일종의 공식을 넘어 종교의식이라고도 해도 지나치지 않을 정도다. 짧게는 30분, 길게는 두어 시간까지 양파를 볶는다. 쉬운 일이 아니지만 오래 볶을수록 복잡한 풍미가 일깨워진다는데 어쩐단 말인가. 다행히 세상에는 여러 꼼수들이 개발되어 있다. 두툼한 삼중 냄비를 쓰면 가끔씩만 저어도 타지 않는다. 호일을 덮어 오븐에 굽거나 아니면 슬로쿠커에 돌려도 된다.

지팡이에 의지해 파리에서부터 걸어온 남편을 오래 기다리게 할 수는 없다. 엄마가 만든 수프는 양파를 살짝 볶아서 맹물을 부어 만든 것이었다. 하지만 레미가 한입도 못 먹은 건 풍미가 부족해서가 아니다. 난생 처음 본 아빠라는 사람이 왜 이렇게 거칠고 화가 났는지, 가슴이 답답하고 머리가 복잡했기 때문이었다. 하지만 그릇을 그냥 물린 것은 큰 실수였다. 왜냐하면 양파 수프는 레미가 집에서 먹은 마지막 끼니였기 때문이다.

다음 날 의붓아빠는 의붓아들을 곡마사에게 팔아 넘겼고, 소년은 낯선 사람을 따라 고향을 영영 떠났다. 떠돌이 삶은 나쁘지만은 않았다. 레미는 비탈리스 할아버지와 개들과 원숭이를 사랑했고, 그들 역시 레미를 사랑했다. 끼니는 차가운 빵과 치즈가 고작이었지만 운이 좋으면 잔치 음식을 얻어먹기도 했다. 하지만 따뜻하고 소박한 집밥을, 엄마가 오직 레미만을 위해 정성껏 차려 주는 밥상을 다시 받기까지는 많은 일을 겪어야 했고, 레미는 어느덧 크레프보다는 양파 수프를 좋아하는 나이가 되어 있었다.

『집 없는 소년』 엑토르 말로

양부모의 모진 구박 속에서 자란 고아가 이곳저곳
전전하며 세파에 시달리다 사실은 살아 있던 친부
모를 만나는데 우연히 백만장자. 나는 '어린이 고
생물'이 좋다. 주인공이 늘 배가 고프다 보니, 어쩌다
얻어 걸리는 먹을거리들이 대단히 상세하게 묘사되기 때문이다.

아마 이유는 다르겠지만, 나 말고도 어린이 고생물을 좋아하는 사람이 적지 않은
것 같다. 『집 없는 소년』은 엑토르 말로에게 큰 명성을 안겨 주었고, 그는 15년 후
인 1893년에는 고아 소녀 페린을 주인공으로 하는 『집 없는 소녀』를 썼다. 어린
시절 재미있게 본 두 소설의 작가가 동일인이라는 것을 뒤늦게 알고 조금 놀랐다.
하지만 일본 애니메이션 「집 없는 아이 레미」의 존재를 알고는 많이 놀랐다. 이는
1996년에서 1997년까지 후지TV에서 방영된 애니메이션으로, 줄거리는 『집 없는
소년』을 따라가면서 주인공 레미만 여자아이로 바꿔 놓은 것이다! 마지막 회에서는
레미와 마티아가 결혼 약속을 하나 본데 기회가 되면 한 번 보고 싶기도 하고 절대
보고 싶지 않기도 하다.

아버지가 왔을 때 요세핀은 서글픈 눈빛으로
작은 컵을 손에 들고 돌리고 있었습니다.
"난 영영 안 오시는 줄 알았어요. 많이 기다렸단 말예요."
…… 식탁 위에 남아 있는 음식과 식단을 본 아버지는 깜짝 놀랍니다.
접시마다 생선튀김과 쇠간과 오리고기가 반씩 남아 있었습니다.
"이것은 아버지 몫으로 남겨 놓았어요."
요세핀은 아버지에게 자세히 설명을 합니다.
"아직 아이스크림은 먹지 않았어요. 아버지와 함께 먹으려고요."

_마리아 그리페, 『내 작은 친구』 (이영준 옮김, 성바오로출판사)

바람만이
아는 대답

"안나 그라!"

요세핀은 꼼짝하지 않았다. 가슴에 바위가 떨어진 것 같았다. 아니, 요세핀이 바위가 되었다. 그 이름은 싫었다. '그라'는 스웨덴어로 회색이라는 뜻이기 때문이다. 아버지와 어머니와 가정부 맨디, 목사관의 작은 세상에서 그녀는 언제나 요세핀이었다. 하지만 학교에서는 누구든 본명으로 불러야 한다. 그곳에 존재할 수 있는 것은 잿빛의 안나뿐이었다.

요세핀은 다른 아이들을 모른다. 하지만 그 애들은 요세핀을 안다. 안나 그라의 아버지는 키장다리 미친 목사고, 어머니는 원숭이 같은 오만한 늙은이라는 사실을 다른 반 아이들까지 죄다 안다. 요세핀의 옆자리에는 아무도 앉지 않았다. 책가방은 남자용이고, 스웨터는 목이 너무 길며, 모자에는 차양이 없기 때문이다.

우고가 나타난 것은 학기가 시작되고도 몇 달이나 지나서였다. 공부가 싫어서가 아니다. 여러 번 왔지만 너무 늦어서 번번이 닫혀 있었다. 조각할 나뭇조각과 주전부리할 괭이밥이나 송진을 찾느라 숲을 샅샅이 뒤진 후에야 학교로 향하는 데다가, 길에서도 계속 조각을 하느라

느릿느릿 걷기 때문이다.

우고는 숯 굽는 아버지와 숲에서 산다. 어머니는 없고 아버지는 감옥에 가지만, 그 사실을 들먹여 그 애를 상처 입힐 수는 없다. 왜냐하면 그것은 그냥 사고고, 누구에게나 일어날 수 있는 일이기 때문이다. 우고는 어른들만 쓰는 모자를 쓰고, 너무 길고 품이 큰 바지를 입으며, 비오는 날에는 천막 같은 비옷을 입고 온다. 하지만 아무런 거리낌도 없고, 그걸로 시비 거는 아이도 없다. 우고는 요세핀의 옆자리에 앉았고, 직접 깎은 난쟁이 요정을 선물했다. 그 순간 요세핀의 세상은 바뀐다.

⁙

1960·70년대는 스웨덴 아동문학의 참여기로 불린다. 분명 존재하지만 아무도 인정하려 들지 않던 현실이 한꺼번에 터져 나왔기 때문이다. 주인공의 부모는 이혼했거나 알코올중독자거나 범죄자다. 친구들은 따돌리고 선생은 방관한다. 이웃들은 노골적으로 경멸하거나 아니면 값싼 동정을 베푼다. 결국 소년은 상점을 털고 소녀는 낙태를 한다. 마치 아이들을 누가 더 비참하고 외롭고 분노하게 만드나 경쟁이라도 하는 것 같았다.

마리아 그리페의 『우고와 요세핀』도 이 시기에 나온 책이다. 사회가 얼마나 냉혹할 수 있는지, 그녀도 안다. 하지만 아이들의 일상이 늘 행복할 수는 없는 것처럼, 언제나 불행할 수도 없다는 사실 역시 안다. 사회참여 아동문학의 열기는 오래가지 않았다. 그 책들은 여전히 도서관에 있지만 아무도 대출하지 않는다. 하지만 그리페의 책들은 여전히 사랑 받는다. 현실을 똑바로 응시하면서도 동시에 소소한 행복의 순간들은 놓치지 않았기 때문이다.

⸭

아버지와 모처럼 시내에서 외식하기로 한 날, 호텔까지 혼자 찾아간 꼬마 숙녀를 동화 속 왕자님이 맞아 주었다. 요세핀은 나비넥타이를 맨 왕자님이 가져온 메뉴의 꼭대기에 있는 것부터 시켰다. 빵과 잼, 그리고 버터. 그것들을 다 먹는 데에는 1분도 걸리지 않았다. 요세핀은 다시 메뉴를 읽기 시작했다. "알라? 이건 뭔데요?" 그것은 뭐였냐면 간 요리였다. '그렇구나, 알라는 간이었어.' 나는 요세핀과 함께 고개를 끄덕였다.

나는 요리책을 수집한다. 책을 보고 따라 만들기도 하지만, 혼자 밥 먹으며 야금야금 읽는 게 둘도 없는 취미다. 알라를 다시 만난 것은 73권의 수집품 중 한 권인 『사계의 가정요리집』에서였다. '프루츠알라모드', 영어로 패셔너블 프루츠fashionable fruits도 아니고, 프랑스어로 프뤼 알라모드fruit à la mode도 아닌 그것은 간이 아니라 모둠 과일이었다. 직역하면 유행 과일, 의역하면 제철 과일이다.

알라à la는 한 단어가 아니라 두 낱말로, 요리에 쓰이면 '-풍으로'라는 뜻이다. 이를테면 푸아 드 보 알라 베네티앙foie de veau à la Venetian은

Foie Gras

Cloudberry

Lingonberry

Gooseberry

Vattlingon

Lingonberry   Cloudberry   Gooseberry

베네치아식 송아지 간 요리고, 푸아 드 보 알 라 리오네스Foie de Veau à la Lyonnaise는 리용식 간 요리다. 요세핀의 간 요리가 어느 동네의 어떤 '알라'였을지는 알 길이 없다. 아니면 '알라'가 요리 이름이 아니라 메뉴 첫머리에 있는 '일품요리', 즉 알라카르테à la carte라고 씌어 있는 것이었을 수도 있다. 그렇다면 '간'은 푸아그라일지도 모른다.

캐비아, 송로버섯과 함께 세계 3대 진미로 꼽히는 푸아그라는 프랑스어로 지방간이라는 뜻이다. 맛은 있지만 칼로리가 엄청나고 값도 비싸다. 하지만 불편한 건 따로 있다. 바로 푸아그라의 생산 방법이다. 가

금류의 식도는 쉽게 늘어난다. 이를 이용해 도살 며칠 전부터 목구멍에 펌프 달린 튜브를 꽂아 강제로 옥수수를 먹인다. 이를 가바주gavage라고 하며 이 과정에서 오리나 거위의 간은 열 배까지 비대해진다. 동물을 굶기는 건 학대지만 억지로 먹이는 것도 마찬가지다. 동물보호 단체들의 비난이 거세지만 푸아그라의 최대 생산국이자 소비국인 프랑스는 눈 하나 깜짝 않는다.

푸아그라가 얼마나 잔인하게 만들어지는지, 또 얼마나 비싼지 요세핀이 알 리가 없다. 아무것도 모르는 그녀의 배는 먹을수록 더 고파졌다. 요세핀은 다시 메뉴를 들여다보다가 잼을 바른 튀김 과자를 발견했다. 이것은 꼭 먹어야 했다. 하지만 이 항목에 이르기까지 몽땅 주문하면 너무 많을 것 같았다. "여기서 여기까지 건너뛰고 튀김 과자만 주문해도 되나요?" 레스토랑에 처음 와 본 요세핀은 메뉴에 있는 것들을 순서대로 모두 주문해야 하는 줄 알았던 것이다.

그녀가 단호하게 요구한 튀김 과자는 스웨덴 전통 과자인 클레넷 Klenät으로 추정된다. 밀가루, 계란 노른자, 설탕, 버터를 반죽해 냉장고에 두 시간 재운다. 얇게 밀어서 가늘게 잘라 튀긴다. 보통 설탕을 뿌려 먹지만 잼을 곁들이기도 한다.

스웨덴의 잼 사랑은 남다르다. 전 세계 이케아 매장 식품 코너에는 각종 베리 잼이 가장 좋은 자리에 진열되어 있다. 스트로베리(딸기)나 블루베리처럼 익숙한 것도 있지만 클라우드베리나 구스베리처럼 생전 처음 들어보는 베리들로도 잼을 만든다. 스웨덴 베리 전쟁의 승자는 누가 뭐래도 링곤베리다. 영하 40도의 겨울에도 파릇파릇하지만 뜨거운 여름에는 오히려 시들시들한 링곤베리는 스웨덴 삼림지대 어디서나 자라는데, 그냥 먹기에는 너무 시어서 보통 잼이나 주스로 만든다. 설탕이 귀하던 시절에는 그냥 맹물에 담가 병에 쟁였는데, 이것이 바틀링온 vattlingon이다. 뚜껑만 잘 닫으면 한 철은 끄떡없다. 스웨덴 사람들은 새콤한 링곤베리 잼을 빵이나 과자는 물론, 순록 스테이크나 고등어구이, 간 요리, 하다못해 스웨덴식 순대 블로드푸딩blodpudding에도 곁들인다.

⁝

클레넷과 링곤베리 잼을 해치운 요세핀은 다음 것을, 그리고 또 다음 것을 계속 주문했다. 하지만 다 먹는 대신 반씩 남겼다. 슬슬 배도 불렀지만 아버지 몫이다. 아버지는 반만 비운 접시로 테이블이 비좁아진 후에야 나타났다. 가난한 목사답게 호텔 문간에 있는 간이식당에서 기다렸는데, 물정 모르는 딸내미가 고급 레스토랑으로 와 버린 것이다. 처음에는 어이없어 했지만 결국은 웃음을 터트렸다. 아버지는 남은 음식 대신 새로 내온 뜨거운 수프를 드셨고, 요세핀은 고대하던 아이스크림을 먹었다.

요세핀은 마법 같은 하루에 대해 우고에게는 입을 다물었다. 그것은 우고로서는 납득할 수 없는 종류의 즐거움이었기 때문이다. 우고가 사랑하는 것은 숲의 신비와 소박한 평화지 화려한 도시와 탐식이 아니었다. 대신 허영기 있는 친구 카린에게 세세하게 이야기했고, 그녀는 요세핀이 만족할 만큼 충분히 부러워해 주었다. 하지만 한마디 일침을 놓는 것도 잊지 않았다. "예쁜 몸매를 가지려면 절대로 많이 먹어서는 안 돼." 요세핀에게는 청천벽력이었다. "여자들은 자기 몸을 생각해야지 그렇잖으면 시집을 못 간대."

그들은 머리를 맞대고 다이어트 규칙을 만들었다. 식사는 하루에 세 끼만 하고, 간식까지 쳐도 다섯 번을 넘으면 안 된다. 비스킷은 하루에 열 개가 아니라 아홉 개만 먹는다. 일주일에 한 번은 자전거를 탄다. 하지만 카린과 헤어진 후 요세핀은 몰래 한마디를 덧붙였다. '만일 다시 레스토랑에 간다면 다이어트 규칙은 조금만 지킨다.'

『우고와 요세핀』은 1962년 출간되었다. 만일 실존 인물이라면 요세핀은 예순에 가까울 것이고, 우고는 이제 없을 것이다. 왜냐하면 그 애는 자유로운 영혼이고, 누군가를 언제까지나 곁에서 지키기보다는 바람의 방향이 바뀌는 대로 떠나는 쪽이 어울리기 때문이다. 아니면 요세핀에게 우고가 더 이상 필요 없을 수도 있다. 세상 법도를 무시하는 것보다는 적당히 타협하는 쪽이 훨씬 편하고, 또 안전하다는 것을 알 만큼 나이를 먹었기 때문이다. 잿빛 세상에 혼자 선 그녀는 아직 요세핀일까, 아니면 안나일까?

『우고와 요세핀』 마리아 그리페

한국에서 마리아 그리페의 이름은 모르는 사람이
더 많다. 하지만 그녀는 아동문학계에서 가장 권위
있는 상인 안데르센 메달을 수상한 세계적 작가다.
『우고와 요세핀』은 스웨덴에서 1967년 영화화되었
다. 큰 인기를 얻지는 못했지만 『뉴욕타임스』는 얼핏 단순해보이지만 진정한 아름
다움을 보여주는 사랑스러운 걸작이라고 평했으며, 오늘날에도 소수의 영화 팬들
사이에서 아는 사람만 아는 숨은 걸작으로 불린다. 영화는 설정만 책을 따를 뿐 독
자적인 전개를 보이지만 근본에 깔린 정신은 같다. 자연과 아이들의 순수함에 대한
경외.
'우고와 요세핀' 시리즈는 총 3부작이다. 1부 『요세핀』은 1961년, 2부 『우고와 요
세핀』은 1962년, 3부 『우고』는 1966년에 각각 스웨덴에서 출판되었다. 내가 어
렸을 때 읽은 것은 2부뿐인데 영화의 스틸사진들이 가득 담겨 있는 아름다운 책이
었다. 하지만 이후 절판되고 『내 작은 친구』라는 제목으로 새로 나왔지만 이 판본
에서 사진들은 모두 자취를 감추었다. 1부 『요세핀』과 3부 『우고』는 한글로 번역
되지 않았고 영문판까지 절판 상태다. 『내 작은 친구』 역시 절판되었지만 도서관에
서는 아직 찾을 수 있다.

저녁 끼니는 뚝뚝 떼어 넣은 흑빵과
썩둑썩둑 썰어 넣은 양파가 든 수프였어요.
건더기들이 둥둥 떠 있기도 하고 더러는
가라앉아 있기도 했지요.
나무 숟가락 열 개가 이내 함지박만 한
수프 그릇을 싹싹 비웠어요.

_위다, 『뉘른베르크 스토브』(노은정 옮김, 비룡소)

수프의 두 얼굴

그곳은 온통 산으로 둘러싸여 있다. 겨울은 아주 춥고, 눈은 내내 녹지 않는다. 한때 그곳을 지키기 위해 싸운 고귀한 기사와 영주 들은 이제 오래된 교회의 무덤에 편안하게 누워 있다. 그래도 그 강인함과 위엄은 여전하다.

오래된 거리에서도 제일 낡은 집에 홀아비 슈트렐라네가 산다. 열 명의 아이 중 반은 오스트리아 혈통으로 흰 피부와 황금빛 머리카락을 가졌고, 나머지 반은 이탈리아 피를 받아 갈색 피부에 밤색 머리카락이다. 상냥하고 슬픈 얼굴의 맏이 도로테아는 겨우 열일곱에 어른의 현명함을 가졌다. 소녀는 얼마 안 되는 벌이를 거의 술과 담배로 탕진하는 아버지 대신 식구들을 지킨다. 집을 청소하고, 아이들을 씻기고, 하루에 한 끼지만 모두를 배부르게 한다.

빵 한 덩이로 동생 아홉을 먹이는 비결은 수프다. 하루에 한 번 식탁에 올라오는 솥단지만 있으면 아이들은 행복하다. 불에서 막 내려놓은 솥을 옹기종기 둘러싸고 숟가락 열 개가 들락날락한다. 말할 겨를도, 숨 쉴 틈도 없다. 마침내 바닥이 드러나고 숟가락을 내려놓은 후에야 만족스럽게 한숨을 쉰다. 이마에 송송 맺힌 땀을 훔쳐낸다.

고깃간이고 빵집이고 빚이 첩첩이다 보니 건더기는 양파가 전부다. 대신 오래오래, 공들여 볶는다. 그러면 단맛이 우러나와 맹물로도 훌륭한 수프를 끓일 수 있다. 빵은 따로 담는 대신 국물에 띄워 낸다. 왜냐하면 하루 묵은 굳은 빵을 싸게 사왔기 때문이다. 호밀을 듬뿍 넣은 흑빵을 오스트리아에서는 미슈브로트라고 부른다. 흰 빵처럼 부드럽진 않지만 대신 든든하다.

장밋빛 뺨의 아홉 살 소년 아우구스트에게 누이가 끓여주는 수프보다 중요한 것은 히르슈포겔뿐이다. 그 아름다운 스토브의 꼭대기에는 금관이 아로새겨 있고, 왕의 공작같이 여왕의 보석같이 눈부시게 빛난다. 이는 뉘른베르크의 위대한 예술가며 수학자이자 지도제작자인 아우구스틴 히르슈포겔이 1532년에 만든 작품이다. 금실로 수놓은 공주님의 구두를 데워야 마땅한 스토브가 이 초라한 집에 와 있는 것은 인연이라고밖에 설명할 수 없다. 할아버지가 집의 토대를 파다가 흠 하나 없는 이 스토브를 발견한 것이다. 그 후로 쭉, 히르슈포겔은 따뜻한 수프와 함께 아이들의 온기를 지켜주고 있다.

생명이 없는 스토브가 이토록 뜨거운 사랑과 깊은 감사를 받은 적이 있었을까. 하지만 빚에 몰린 아버지가 히르슈포겔을 팔아넘기기로 하자 아우구스트는 절망에 빠진다. 소년에게 히르슈포겔은 단순히 가구가 아니라 절친한 친구였다. 그것은 어머니의 관에서 수의를 벗겨 내는 것과 마찬가지였고, 막내의 황금빛 고수머리를 잘라 파는 것과 다르지 않았다. 아우구스트는 히르슈포겔을 쫓아간다. 스토브 속에 숨어, 기차를, 또 마차를, 마지막으로 배를 타고 어디로 가는지도 모르는 길을 간다.

⋮

수프는 어디나 있다. 그리고 언제나 있었다. 헬렌 니어링이 『소박한 밥상』에서 말했듯 수프는 위로다. 특히 가난한 사람들에게 그렇다. 맛있고, 따뜻하고, 나중에야 어찌 되든 당장은 배가 부르고. 빈민 급식소를 '수프 키친'이라고 부르는 것도 이상한 일이 아니다. 수프 키친은 18세기부터 굶주린 사람들에게 럼퍼드 수프를 제공했다.

이 유명한 수프를 고안한 럼퍼드 백작의 본명은 벤저민 톰슨이다. 그는 1753년 미국 매사추세츠 주의 가난한 집에서 태어났다. 어렸을 때부터 영특했던 톰슨은 점원 일을 하다 부유한 상속녀를 만나 결혼하고, 아내의 뒷배로 뉴햄프셔 군의 소령 자리까지 꿰찬다. 미국 독립혁명이 일어나자 그는 왕당파 편을 들었는데, 패전하자 아내를 버리고 영국으로 간다. 그러고는 열역학 논문을 발표하며 과학자로 순조롭게 자리 잡나 싶더니, 바바리아로 가 독일 군대를 재조직하고 구빈원 제도를 수립하는가 하면 뮌헨에 영국 정원을 설립하는 등 눈부신 활약을 보였다. 1791년 톰슨은 마침내 신성로마제국 럼퍼드 백작으로 추대되었다.

럼퍼드는 19세기 열역학 혁명에서 중요한 역할을 한 과학자인 동시

THE NÜRNBERG STOVE

soup kitchen

에 재기 넘치는 발명가기도 했다. 럼퍼드 수프는 스토브에서 커피포트에 이르는 그의 다양한 발명품들 중 하나로, 가장 적은 비용으로 가장 많은 사람들에게 충분한 열량과 영양을 공급하기 위해 '발명'되었다. 요리법도 간단해서 오래되어 시큼한 맥주에 보리, 콩, 감자, 소금을 넣어 걸쭉하게 끓이면 된다. 맛이야 어쨌건 소화는 잘된다. 또한 저지방에 고단백질, 그리고 복합 탄수화물이 넉넉히 들었으니 오늘날의 기준으로도 균형 잡힌 음식이 틀림없다.

럼퍼드 수프는 대단한 인기를 끌었다. 중부 유럽 군대에서는 19세기는 물론 20세기까지도 럼퍼드 수프를 먹었으며, 빈민 구호단체들 역시 이구동성으로 이 수프를 칭송했다. 하지만 카를 마르크스만은 의견이 달랐다.

요즘은 요리책을 쓰는 사람들이 주로 요리사나, 연예인이나, 아니면 블로거다. 하지만 근대에는 뭐랄까, 뜻밖의 사람들이 요리책을 썼다. 이를테면 과학자라든가, 철학자라든가, 그것도 아니면 사교계 명망가라든가. 특히 사회 개혁가를 자처하는 사람들이 종종 요리책을 남겼는데, 그들의 목표는 딴 거 없고 민중 교화였다. 그들에게 민중은 천성적으로 경솔하고 게을러서, 감시를 조금만 소홀히 해도 분수에 넘는 사치를 부리려 드는 존재였다. 그들은 노동자들이 감히 설탕이라도 먹을까 노심초사했고, 누더기를 고쳐 입는 대신 헌옷이라도 사오는 일이 없도록 동분서주했다. 하지만 나이 지긋한 상류층 남자들이 '완벽한 아내가 되는 법'이나 '알뜰한 장보기의 비밀'을 쓴 것은 이상적 사회를 바라는 충정 때문만은 아니었다. 그들의 속내를 이해하기 위해서는 먼저 시대를 살펴봐야 한다.

19세기는 진보의 시대다. 과학과 산업이 눈부시게 발전하는 가운데 역사상 유례없는 부가 축적되었지만 극단적 빈곤 또한 동시에 존재했다. 마르크스가 영국박물관 도서실에서 『자본』을 쓴 것은 그 모순을 해명하기 위해서였다. 그는 자본가의 이윤은 잉여가치, 즉 노동자가 생산한 것 중 임금으로 지불되는 부분을 제외한 나머지에서 나온다고 봤다. 자본가는 더 많은, 점점 더 많은 이윤을 원하고 따라서 더 적은, 점점 더 적은 임금을 지불하려고 한다. 하지만 후려치는 데에도 한계가 있다. 만일 임금이 최소 생계유지비에도 못 미쳐 노동자가 굶어죽는다면 생산은 누가 하며 이윤은 어디서 나올 것인가? 자본가 입장에서는 가능한 적은 비용으로 먹고사는 법을 연구할 수밖에 없다.

마르크스는 『자본』에서 톰슨의 저작은 노동자들의 정상적 음식을 어떻게 값싼 대용품으로 대신할지 보여 주는 요리책이라고 말했다. 그의 비난을 곧이 곧대로 받아들일 수만은 없다. 돈 없다고 콱 죽어 버릴 게 아니라면야 어떻게든 먹고살아야 한다. 더 적은 돈으로 더 균형 잡힌 식사를 할 수 있는 방법을 배워서 나쁠 건 없다. 하지만 럼퍼드 수프의 차가운 공식에는 먹는 사람의 입장이 없다.

산다는 건 단순히 목숨을 이어 가는 게 아니다. 만약 삶의 목적이 행복이라면, 효율성이나 합리성으로는 설명할 수 없는 무의미하고 사치스러운 것들이 반드시 필요하다. 그 사실을 외면할 때 수프는 더 이상 위로가 될 수 없다. 톰슨 역시 한때는 수프의 온기에 의지해 사는 빈민이었다. 백작이 된 후에는 그 기억을 잊은 걸까, 아니면 잊어버린 척한 걸까?

수프의 위상은 예전 같지 않다. 인구의 대다수가 기아와 싸우는 시대는 끝났기 때문이다. 염분이 많은 수프는 이제 고혈압, 신장병, 심장병, 그리고 비만의 주범으로 지목 받고 있는 형편이다. 그렇지만 수프를 끊기는 어렵다. 그 따뜻함을 포기할 수 없다. 한국인이라면 특히 국물 없는 밥상은 상상하기 힘들다.

아우구스트네도 마찬가지였다. 히르슈포겔의 새 주인은 다름 아닌 왕이었다. 그는 아우구스트의 두서없는 설명을 참을성 있게 들어 주었고, 소년을 궁정화가 견습생으로 받아 주는 한편 아이들을 위해 다른 스토브를 보내 주었다. 이제는 고기도 빵도 넉넉히 먹을 수 있게 되었지만 도로테아는 여전히 수프를 끓일 것이다. 따끈한 수프 한 그릇은, 그것이 주는 위안은 여전히 소중하니까.

『뉘른베르크 스토브』 위다

이 책을 읽은 사람은 많지 않을 것이다. 하지만 같은 작가의 다른 작품을 모르는 사람은 최소한 한국에는 없다. 그것은 바로 『플랜더스의 개』다. 애니메이션에 풍차가 나와서일까? 엄한 네덜란드 사람을 붙잡고 『플랜더스의 개』 얘기를 하는 한국 사람이 가끔 있다고 한다. 하지만 필명 위다, 본명 마리아 루이즈 라메는 영국에서 태어났다. 아버지는 독일에서 태어났지만 모국어는 프랑스어였고 어머니는 영국인이었다.

위다는 그냥 동화 작가가 아니다. 그녀는 가장 성공한 19세기 영국 소설가들 중 한 명이었으며, 오스카 와일드, 로버트 브라우닝, 윌키 콜린스가 드나드는 살롱을 운영하기도 했다. 한편 당대의 가장 유명한 애견가이기도 해서, 한때 개를 서른 마리까지 키웠다고 한다. 파트라슈와 네로의 믿음과 사랑을 그렇게나 절절하게 묘사한 데에는 이유가 있었던 것이다. 보랏빛 꽃들에 둘러싸여 침대 속에서 글을 쓴 위다는 자신을 진지한 예술가로 여겼다지만, 오늘날 그녀가 문학사에서 차지하는 위치는 미미할 따름이다. 그래도 『플랜더스의 개』의 마지막 장면만은 우리의 눈물보를 영원히 터트릴 것이다.

돈이 적은 사람일수록 건강식에는 덜 쓰게 된다.
백만장자라면 오렌지주스와 호밀 비스킷으로
아침을 때울 수 있지만 실업자는 아니다.
…… 못 먹고, 지치고, 따분하고, 비참할 때는
밋밋한 건강식을 먹고 싶지 않다. ……
실업의 끝없는 비참함에는 계속 임시방편이,
특히 영국인의 아편인 홍차가 필요하다.

_조지 오웰, 『위건 부두로 가는 길』

사회주의자의 홍차

알고 있는지? 홍차와 녹차는 같은 찻잎으로 만든다. 그리고 차는 풀이 아니라 나무다. 내키면 500년 이상 사는 다년생인데 그냥 놔두면 16미터까지 자란다. 우리가 아는 허리 높이의 차나무는 작업 편의를 위해 개량한 것이다. 수확 철이 오면 차나무에서 이파리를 따낸다. 이제부터 어떻게 하는지에 따라 어떤 빛깔의 차가 될지 결정된다.

찻잎은 따는 순간 엽록소가 파괴되며 효소 산화가 시작된다. 우유나 김치 같은 박테리아 발효와는 다르지만 이 동네에서는 이를 발효라고 부른다. 녹차는 비발효 차다. 증기에 찌거나 솥에 덖어 산화를 막아 용정이나 벽라춘 같은 녹색 차를 만든다. 홍차는 살짝 시들게 두었다 손으로 강하게 비빈 완전발효차다. 우롱차 같은 청차는 시든 생잎을 흔들어 생채기를 내 발효시키다 솥에 덖어 마무리한다. 이를 후後발효차라고 한다. 백호은침 같은 백차는 약弱발효차고 군산은침 같은 황차는 약후발효차다. 보이차 같은 흑차는 시들게 해 비빈 후 다시 미생물로 2차 발효시킨 발효도 100퍼센트 후발효차다. 이쯤 되면 골치가 아플 텐데 한마디만 더 하자. 동양의 홍차가 서양에서는 블랙티고, 흑차는 보이차다. 반대로 서양에서 레드티 하면 루이보스티다.

차는 세계적으로 물 다음으로 널리 마시는 음료다. 처음에는 녹차뿐이었는데 중국인들이 먼저 마셨고, 유럽에는 16세기에 전해졌다. 하지만 유럽 물은 중국 물과 달리 미네랄이 많은 경수다. 녹차의 타닌이 제대로 우러나지 않아 특유의 맛과 향이 부족했다. 17세기 푸젠 성 일대에서 반발효된 우롱차가 등장했고, 동목촌에서 완전발효 홍차 정산소총이 만들어졌다. 발효차는 타닌 함유량이 높아서 중국의 연수에는 떫게 우려지지만 유럽에서는 오히려 순한 맛이 난다. 1730년대 이후로는 홍차 수입량이 녹차 수입량을 압도하게 되었다.

영국에 홍차가 본격적으로 들어온 것은 1662년 찰스 2세와 포르투갈 공주 카타리나 브라간자의 결혼 이후다. 처음에는 약 대접을 받으며 커피하우스에서나 얻어 마실 수 있는 귀하신 몸이었지만 18세기 초 수입량이 폭발적으로 늘었다. 19세기 인도 합병을 계기로 가격이 안정되며 홍차는 명실상부 국민음료가 되었다.

조지 오웰은 20세기 초 영국 문화의 가장 예리한 관찰자였다. 또한 전체주의의 탁월한 비판자에, 거리로 뛰어들어 밑바닥 삶을 체험한 실천적 지식인이자 언론인이기도 했다. 주당 32실링의 실업수당으로 연명하는 가정이 차와 설탕에 2실링 이상을 소비하는 현실에 오웰은 분노했

English Tea Time

다. 왜 좀 더 영양가 있는 걸 먹지 않는 걸까. 노동자들의 식탁에 올라오는 것이라고는 흰 식빵과 마가린, 절인 쇠고기, 설탕 탄 차, 감자가 고작이었고, 고기와 채소에 쓰는 돈은 2실링을 넘지 않았다.

오웰 이전에도 여러 사회 개혁가들이 수입품인 차와 설탕을 원하는 노동계급의 낭비벽을 질타했다. 하지만 대양을 건너온 운임과 보험료를 더해도 차와 설탕이 고기나 채소보다 저렴한 게 현실이었다. 8페니면 사는 차 2온스는 차가운 저녁 식사를 한 주 내내 따뜻하게 덥혀 주었으며, 설탕은 절대적으로 부족한 칼로리를 보충해 주었다. 빵과 차는 노동자가 목숨을 부지하기 위해 의지할 수 있는 가장 값싼 식품이었다.

또한 몇 년씩 일자리를 구해도 찾을 수 없는 현실을 잊는 데 통밀 식빵이나 오렌지처럼 건강한 음식은 도움이 되지 않는다. 튀김이나 아이스크림, 그리고 무엇보다도 설탕을 듬뿍 넣은 차는 그들의 초라한 삶에서 유일하게 자극적이고 흥미로운 것이었다. 오웰의 통찰력은 오늘날에도 유효하다. 저소득 가정의 장바구니에 채소나 과일은 담기지 않는다. 그들이 사는 건 즉석요리나 과자고, 외식이라면 닭튀김이나 피자다. 온통 싸고 기름지고 짜고 달고 매운 것이다.

노동계급의 홍차 소비가 빈곤의 원인이 아니라 결과라는 사실을 오웰이 몰랐을 리 없다. 그는 단지, 안타까웠던 것이다. 3페니어치 고기는 얼마 안 되지만 그 돈으로 홍차 4분의 1파운드를 사와 40잔을 짜낼 수 있는 현실이. 하지만 오웰이 홍차 혐오가였던

것은 아니다. 반대로 그는 홍차에 대한 가장
유명한 글을 쓴 사람이다. 1946년 1월
12일, 『이브닝 스탠더드』에 기고한
「맛좋은 홍차 한 잔」에서 그는 맛
좋은 홍차를 만들기 위한 열한 가
지 황금률을 이야기한다.

(1) 중국 차가 아니라 인도나 실론산 차를 써야 한다.

(2) 솥단지에서 대량으로 끓이는 대신 도자기나 토기 찻주전자로
소량만 끓여야 한다.

(3) 찻주전자를 뜨겁게 데워야 한다.

(4) 차는 진해야 한다. 찻물 1리터에 찻잎 여섯 스푼 정도.

(5) 스트레이너나 인퓨저를 쓰지 말아야 한다.

(6) 팔팔 끓는 물이 식기 전에 지체 없이 티팟에 부어야 한다.

(7) 찻주전자에 물을 붓고 잘 젓거나 흔들어 줘야 한다.

(8) 납작하고 얕은 찻잔 대신 큼직한 원통형 잔에 마셔야 한다.

(9) 유지방을 어느 정도 제거한 우유를 쓴다.

(10) 홍차를 먼저 붓고 우유를 나중에 넣는다.

(11) 설탕을 넣지 않는다.

2003년 6월 24일, 조지 오웰 탄생 100주년을 맞아 영국 왕립화학

협회RSC는 완벽한 홍차 한 잔을 만드는 방법을 발표했다. RSC에 의하면 오웰의 황금률에는 구멍이 많다. 이를테면 1리터에 여섯 스푼이라니, 진해도 너무 진하다. 한 스푼이면 충분하다. 우유 넣는 순서도 문제다. 오웰은 우유를 나중에, 이른바 MIA Milk in After파다. 우유를 홍차보다 나중에 넣어야지 그 반대면 우유 양을 조절하기 힘들다는 게 그의 견해다. 하지만 우유 먼저, 즉 MIF Milk in First가 옳다. 왜냐하면 우유를 나중에 넣으면 뜨거운 홍차 때문에 유단백질이 변형되기 때문이다. 그렇지만 뜨거운 물이야말로 맛있는 홍차를 우리는 비결이라는 데에는 RSC도 동의한다. 왜냐하면 발효차의 크고 복잡한 페놀 분자의 풍미는 고온에서만 끌어낼 수 있기 때문이다.

일본을 필두로 다른 나라 사람들은 영국의 홍차 문화를 상류층의 고상한 문화로 보는 경향이 있다. 하지만 칼로리가 넘쳐나는 대량 소비 시대에도 홍차는 여전히 노동자의 문화였으니, 이른바 '노가다의 홍차 builder's tea'야말로 영국 홍차의 표준이다. 노동자들은 진하게 우린 차에 우유를 듬뿍 붓고 설탕을 수북하게 두 스푼 넣어 큼직한 머그로 하루에도 몇 번씩 벌컥벌컥 들이켰다.

⁎

제2차 세계대전 이후 영국에서 홍차의 인기는 서서히 수그러들었고, 21세기에 들어서는 더욱 감소 추세다. 노동자계급이 마침내 홍차를 마시지 않는 날이 오면 오웰은 무슨 말을 할 것인가. 홍차 대신 코카콜라를 찾는 현실에 대해서는? 그는 홍차 생산과 교역을 둘러싼 제국주의에 대해서는 입을 다물었다. 식민지에서 경찰로 일하기까지 한 그가 그 사실을 몰랐을 리는 없다. 아마 홍차를 너무 사랑해서였을 것이다. 마치 노동자의 얼굴이 언제나 아름답지는 않다는 사실을 잘 알면서도 그들에 대한 믿음을 버리지 못한 것처럼, 홍차의 추악한 진실을 알면서도 끊지 못했다. 그는 상류층의 말석을 차지한 지식인으로서 얄팍한 자의식에 괴로워하다 결국 스페인 내전의 전장으로 떠났다.

18세기 소설가 헨리 필딩은 홍차를 위한 최고의 감미료는 사랑과 스캔들이라고 말했고, 1980년대 팝스타 보이 조지는 침대에 애인보다는 홍차를 데려가겠다고 했다. 롭 밸런틴이라는 평범한 영국인은 그들보다 재치는 떨어져도 통찰력 넘치는 제안을 했다. 가장 맛있는 차는 남이 끓여준 차라고. 홍차에 대한 나의 애정이 조금만 덜했어도 그의 의견에 찬성했을 것이다.

나는 매일 아침 직접 홍차를 끓인다. 찻주전자와 머그를 정성껏 데우고 물이 팔팔 끓을 때까지 참을성 있게 기다린다. 행여 식을세라 찻주전자에 재빨리 물을 붓고 머그에는 우유를 지나치다 싶을 정도로 듬뿍 넣는다. 다 우려진 차를 따르기 시작하면 우유는 점점 진해진다. 언제 멈춰야 할지 처음에는 몰랐다. 하지만 이제는 안다.

따끈한, 하지만 너무 뜨겁지는 않은 밀크티가 서서히 온몸으로 퍼져나가면 나는 일상을 이어갈 작은 용기를 얻는다. 비록 설탕은 넣지 않았을지언정 그것은 틀림없이 노동자의 홍차다.

『위건 부두로 가는 길』 조지 오웰

1936년 오웰은 '레프트 북클럽'의 의뢰를 받았다. 매달 책 한 권을 선정해 싼 값으로 배포하는 진보적 독서 단체였다. 대량실업으로 고통 받는 잉글랜드 북부 노동자들의 현실을 책으로 써 달라는 제안은 두 달간의 취재 끝에 완성되었다. 이 책의 1부는 탄광 노동자들의 삶에 대한 생생한 르포로 평론가와 독자 양측에서 높은 평가를 받았다. 하지만 2부가 문제였다. 그의 글은 사회주의를 노동자도 지배층도 아닌 애매한 위치에서, 솔직한 것을 넘어 적나라게 비판했다. 이는 레프트 북클럽의 편집위원들을 포함해 많은 사람을 불편하게 만들었다.

오웰은 상류층의 밑바닥 출신이다. 노동계급의 소득으로 신사계급의 체면을 지키려고 발버둥 치는 집안에서 자란 그에게는 프롤레타리아의 상스러움과 부르주아의 위선이 동시에 보였다. 머리로는 부르주아를 경멸하면서도, 몸은 프롤레타리아를 혐오하는 것이다. 그는 양측에서 동시에 욕먹는 것을 감수했다. 모순 따위 아무것도 없는 양 필요할 때마다 영리하게 입장을 바꾸는 대신, 보이는 그대로 모든 것을 말하는 쪽을 선택한 것이다. 오웰은 말했다, 정치적 글쓰기를 예술로 만드는 것이야말로 자신이 가장 하고 싶었던 것이라고. 나는 그를 질투한다. 살면서 가장 원하던 바를 결국 이루는 사람은 많지 않기 때문이다.

용기는 오히려 사소한 일에 필요하다. 절대 절명의 위기에는 누구나 저절로 용기가 난다. 하지만 가도 되고 안 가도 되는 일이라면 얘기가 달라진다. 달아나도 무방한 고독과 용기의 순간 나를 떠밀어주는 책들이 있다.

생존자의 식탁

나는 막대기 몇 개를 깎아서 데니 형이
'개척자의 닭다리'라고 부르던 것을 만들었다.
생나무 가지에 햄버거 패티를 꽂기만 하면 끝이었다.
제대로 익을 때까지 기다릴 수 없어서,
하나씩 들고 빵에 끼워 넣고는
고기를 꿴 뜨거운 막대기를 잡아 뽑았다.
햄버거 겉은 타고 안은 날것이었는데, 완전 맛있었다.
우리는 늑대처럼 해치우고 팔뚝으로 입가의 기름기를 훔쳤다.
_스티븐 킹, 『스탠 바이 미』

햄버거 같은
그들의 미래

여기 세상에서 제일 살기 나쁜 동네가 있다. 보안관 대리 프랭크 도드는 알고 보니 연쇄살인마였다. 젊은 엄마 도나는 사람을 둘이나 해치운 미친 개 쿠조와 사흘간 대치한 끝에 야구방망이로 때려 죽였지만 결국 아들을 구하지 못했다. 이곳은 악마 건트가 인간의 영혼을 사들일 요량으로 가게를 차린 곳이며, 쇼생크 교도소의 레드가 아내를 살해한 죄로 수감되기 전 살던 곳이기도 하다.

메인 주 캐슬록. 인구 1,500명의 이 작은 마을은 스티븐 킹의 소설에 서른 번 가까이 등장한다. 주민들은 모두 그곳에서 나고 자란다. 고등학교 동창과 결혼해 아이를 기르며 살고, 죽을 때까지 고향을 떠나지 않는다. 킹의 공포는 환상보다는 현실이다. 소도시의 삶이 얼마나 끔찍한지야말로 그의 소설들을 관통하는 주제다. 그는 그곳이 세상의 전부인 줄 아는 사람들의 편견과 아집을 계속해서 이야기한다. 자신의 삶을 타인에게 강요하는 폭력에 대해 집요하게 말한다.

테디, 번, 크리스, 고디. 캐슬록의 네 소년은 누구에게도 사랑 받지 못한다. 그들의 부모는 자식을 개처럼 패거나, 이미 '뒈졌거나', 아니면 아무 관심도 없다. 우연히 들은 시체 소문에 그들이 당장 길을 나선 것은 무료한 일상에서의 도피만이 아니었다. 열두 살 소년들은 스물둘이 되고 서른둘이 되어도 삶은 지금과 소름 끼칠 정도로 똑같으리라는 사실을 알고 있었다. 그들은 이미 시체였다. 블루베리를 따러 갔다 시체로 발견된 소년이 곧 그들이었다.

네 아이가 길양식으로 건강한 음식을 싸갈 리 없다. 정성들인 음식도 웃기는 소리다. 저울을 속이는 식품점에서 패티와 빵을 사 온다. 양상추나 토마토는 잊어 버려라. 케첩이나 마요네즈도 필요 없다. 빵과 고기면 충분하다.

ꔛ

다진 고기로 만든 스테이크를 미국에 처음 들여온 것은 독일 이민자들이다. 그 무렵에는 아무도 햄버거가 미국인의 연인이 되리라는 것을 예측하지 못했다. 대중은 이 생소한 음식을 본능적으로 혐오했다. 팔다 남은 고기, 그것도 내장이고 뭐고 가리지 않고 한꺼번에 갈아 만든 햄버거는 극빈층만 먹는 음식이었다. 1906년 출간된 업턴 싱클레어의 베스트셀러『정글』은 이런 인식을 한층 확산시켰다. 이 소설은 시카고 식육 가공공장에서 7주간의 위장 취업을 토대로 비인간적 조건에서 일하는 임금노동자들의 삶을 고발한다. 하지만 여론은 그들의 비참한 삶 대신 식육 산업의 비위생적 환경만 주목했다. 이 책은 미국 식품의약청의

MEGA MAC

JUNIOR MAC

MONSTER MAC

WHITE CASTLE SLIDER

모체인 화학국의 설립과, 식품의약품위생법 및 육류검역법 제정의 기폭제가 되었다.

1916년 월터 앤더슨이 햄버거 빵을 고안하기 전까지 햄버거는 패티 멜트, 즉 식빵 사이에 패티를 끼운 것에 불과했다. 1921년 빌리 잉그램과 함께 화이트캐슬을 설립한 앤더슨은 다진 고기에 대한 불신을 없애기 위해 독특한 마케팅을 펼쳤다. 우선 가게의 외관을 하얗게 칠했으며, 카운터와 설비는 유광 스테인리스스틸만 사용했고, 손님의 눈이 닿는 곳에서 계속 고기를 새로 갈았으며, 의대에 햄버거의 영양학적 가치에 대한 연구를 위촉하기도 했다.

화이트캐슬은 햄버거뿐 아니라 패스트푸드 프랜차이즈의 기원이기도 하다. 그들은 주방에 조립 라인을 구축해 요리사가 누구건 소비자가 동일한 것을 먹을 수 있게 했다. 포드가 자동차 업계에서 이룩한 것을 패스트푸드 업계에서 실행한 것이다. 패스트푸드 식당 인프라도 구축했다. 본사에서 직접 빵과 고기를 공급하는 것은 물론, 직원용 종이 모자 제작 기계를 개발했으며, 매장의 철물과 타일까지 직접 생산했다. 화이트캐슬의 성공 이후 비슷한 햄버거 프랜차이즈가 줄을 이었다. 처음에는 주로 지역 업체였지만 결국 맥도날드나 버거킹 같은 전국 프랜차이즈에게 밀려났다.

빵 세 장, 패티 두 장으로 이뤄진 빅맥은 3만 개가 넘는 전 세계 맥도날드 매장 어디나 있다. 하지만 크기와 열량은 나라마다 다르다. 미국은 214그램에 540킬로칼로리인 반면, 호주는 201그램에 480킬로칼로리,

한국은 219그램에 535킬로칼로리다. 중국, 아일랜드, 한국 등에서는 메가맥 혹은 더블빅맥으로 불리는 패티 네 장짜리를 팔았으며, 독일에서는 한때 패티 8장짜리 몬스터맥을 팔기도 했다. 반대로 손오브맥이나 미니맥, 베이비맥으로 불린 작은 크기도 있었으나 역시 단종됐고, 미국 내 일부 지점에서만 맥주니어라는 이름으로 판매 중이다.

1986년 영국 경제지 『이코노미스트』는 통화마다 실질 구매력을 비교하는 비공식 기준으로 '빅맥지수'를 제안했다. 나라별로 다른 빅맥 가격을 달러로 환산해 국가 간 물가 수준과 통화가치를 비교해 환율 적정성을 평가하는 지수다. 만일 미국에서 빅맥이 2달러고 한국에서 3,000원인 경우, 적정 환율은 3,000/2＝1,500, 1달러당 1,500원이다. 시장 환율이 이보다 높으면 원화가 저평가된 것이고, 낮으면 고평가 상태다.

글로벌 업체의 위세에 맞서 여전히 선전하는 지역 햄버거도 있다. 텍사스버거는 소스로 머스터드만 사용하며 야채, 할라피뇨, 하다못해 치즈도 안 넣는다. 위스콘신에는 빵과 패티에 버터를 넣은 버터버거가 있으며, 하와이에서는 파인애플과 데리야키 소스를 쓴다. 일본에서는 돈가쓰를 끼운 가쓰버거, 한국에서는 불고기버거나 김치버거가 인기다. 한편 인도에는 닭고기 패티를 쓰는 마하라자 맥이, 프랑스에는 통밀 빵을 사용하는 빅맥이 있다.

1929년 미국 레스토랑 협회는 햄버거와 애플파이를 미국인이 가장 좋아하는 음식으로 선포했다. 하지만 햄버거를 미국의 진정한 상징으

MEGA MAC

JUNIOR MAC

MONSTER MAC

WHITE CASTLE SLIDER

로 만든 것은 전후 탄생한 베이비붐 세대다. 그들은 입맛에서 민족성을 떨쳐 낸 첫 세대였고, 이민 1세대와 달리 고국의 식문화를 유지하지 않았다. 고디 역시 베이비붐 세대지만 캐슬록에는 아직 맥도날드가 들어오지 않았다. 그들이 먹은 햄버거는 50년 전 싱클레어가 고발한 것과 다르지 않았다.

소년들은 마침내 시체를 발견했다. 하지만 역시 시체를 구경하러 온 동네 건달 에이스 메릴 패거리와 대치한다. 일촉즉발의 순간 크리스가 아버지 몰래 가져온 권총을 발사하고, 그들은 오래가지 못할 승리를 거둔다.

밤새 걸어 캐슬록으로 돌아오는 길에 크리스가 말한다. "난 이곳에서 벗어나지 못할 거야." 고디는 부정하지만 크리스는 계속 말했다. "노력해 보겠지만 할 수 있을지 모르겠어. 친구들이 나를 밑으로 끌어내리니까. 모르겠니?" 그는 번과 테디를 가리켰다. "헤엄 못 치는 사람이 헤엄칠 줄 아는 사람 다리를 붙잡고 놓아주지 않는 것과 같아. 그들과 함께 익사할 뿐이야."

아이들이 이틀이나 집을 비웠지만 부모들은 신경 쓰지 않았다. 그저 누구네 놀러 갔으려니 하고 확인도 안 했다. 넷 다 나중에 에이스 일당에게 죽도록 맞았다. 하지만 아무도 고자질하지 않았다. 그 사회의 규칙을 그 애들은 알고 있었다. 아무리 탔어도, 아무리 설익었어도 불평 말고 햄버거를 먹어야 했다.

정글은 변했다. 뉴욕 미트패킹 디스트릭트에는 한때 250개의 도살장과 가공공장이 있었다. 하지만 1990년대 이후 고급 부티크, 유명 레스토랑, 나이트클럽이 들어서며 게이 하위문화의 중심지자 유행에 민감한 고소득 젊은층이 선호하는 곳이 되었다. 2004년 『뉴욕매거진』은 미트패킹 디스트릭트를 뉴욕의 가장 패셔너블한 동네라고 불렀다.

캐슬록은 변하지 않았다. 네 아이는 서서히 멀어졌고, 6년 후 번이, 다시 5년 후 테디가 사고로 죽었다. 캐슬록의 삶조차 그들에게는 과분했던 것이다. 크리스는 어찌어찌 대학에 진학하지만 남의 싸움을 말리다 칼에 목을 찔린다. 범인은 쇼생크 교도소를 출소한 지 일주일 된 사람이었다. 몇 년 후 고디는 우연히 에이스를 마주쳤다. 한때 잘생겼던 날카로운 모습은 살에 묻혔다. 그는 중년의 마약 딜러자 소악당이었다. 그러다 나중에 악마가 차린 가게의 고용인이 되고, 결국 죽는다. 살아남은 자는 그곳을 떠난 고디뿐이었다.

『스탠 바이 미』 스티븐 킹

이 소설의 원래 제목은 「시체」다. 「리타 헤이워드와 쇼생크 탈출」, 「우등생」, 「호흡법」과 함께 1982년 나온 중단편집 『사계』에 실렸다. 스티븐 킹은 지금껏 3억 5,000만 권 이상의 책을 팔아 치운 작가다. 하지만 호러도 판타지도 아니라면, 더군다나 길이가 어정쩡하다면 제 아무리 호러의 제왕이라도 어쩔 수 없나 보다. 이 비(非)장르 중편소설들은 쓰는 대로 바로 빛을 보는 대신 나중에 한꺼번에 묶어서 출판되었다.

「시체」는 분명 좋은 소설이다. 하지만 크리스 역을 맡은 어린 시절의 리버 피닉스를 볼 수 있는 영화 「스탠 바이 미」로 더 유명하다. 킹의 소설들은 나오는 족족 영화화 되었지만, 원작에 비하면 평론도 흥행도 그저 그런 편이다. 그렇지만 「스탠 바이 미」, 그리고 역시 『사계』 수록작인 「쇼생크 탈출」만은 내 인생의 영화로 이야기하는 사람이 적지 않다. 킹 역시 「스탠 바이 미」를 「쇼생크 탈출」, 「미스트」와 함께 본인의 원작을 바탕으로 한 것 중 가장 좋아하는 영화로 꼽았다.

그녀에게 왕관을 씌워준 것은 친절한 요정 대모님이 아니라 부엌데기 베키였다. 베키에게는 판타지와 현실을 구별할 능력이 없었다. 천덕꾸러기 하녀의 좁아터진 세계에서, 그렇게 근사한 방에서 화려한 옷을 입고 맛있는 것만 먹을 수 있는 것은 오직 공주뿐이었다. 백성의 행복이야말로 군주의 의무자 권리다. 세라는 베키에게 이런저런 먹을거리를 챙겨 주는 재미를 들였다. 세라가 미트파이를 내민 날, 늘 흐리멍덩한 베키의 눈동자에서 별이 반짝였다.

⋮

양파, 고기, 버섯을 달달 볶는다. 소금, 후추로 간하고 파이지에 채워 노릇노릇 구워낸다. 쇠고기도 양고기도 돼지고기도 좋고, 가끔은 내장도 넣는다. 흔히 말하기를 영국에는 모든 종류의, 그리고 모든 풍미의 미트파이가 있다고 한다. 다른 나라들도 지지 않는다. 대범하게 보면 아일랜드의 기네스 파이나 남미의 엠파나다스, 한국의 군만두까지 모두가 미트파이다.

『소공녀』의 배경인 빅토리아시대에 미트파이의 인기는 대단했다. 정육점, 커피 노점, 파이 전문점, 술집에서 미트파이를 판매했으며, 골목골목마다 갓 만든 미트파이가 담긴 바구니를 높이 치켜들고 다니는 행상의 모습을 볼 수 있었다. 1887년에는 빅토리아 여왕 즉위 50주년을 맞아 길이 3미터, 무게 680킬로그램의 미트파이가 만들어지기도 했다.

스펀지케이크는 달콤한 후식이지만 미트파이는 짭짤한 한 끼다. 위생 상태는 불량해도 싸고 든든한 길거리 음식이 굶주린 하녀에게 어떤 의미인지 공주님은 이해할 수 없었다. 그녀는 타인의 살로 자신의 부족한 피를 채워야 할 만큼 구석으로 몰려 본 적이 없었던 것이다.

학교 사교계의 여왕 라비니아를 필두로 상급생들은 세라의 공주놀이를 비웃는다. 하지만 하급생들은 절대적 지지를 보낸다. 그 애들은 아직 현실보다는 판타지를 살고 있기 때문이다. 세속적인 민친 교장 역시 이를 학교 위신을 높일 꽃다발로 여겨 학부모들에게 은근슬쩍 자랑을 흘린다. 하지만 세라 공주의 치세는 아버지가 무일푼으로 죽었다는 소식이 전해지자마자 끝났다. 민친 교장과 학생들은 물론 하녀들까지 등을 돌렸다. 세라를 여전히 공주로 모시는 것은 무식한 하녀 베키와 따돌림 당하는 바보 어먼가드와 철없는 어린애 로티뿐이었다.

모든 것을 빼앗기면서도 세라는 에밀리만은 지켰다. 아버지의 작별 선물인 인형은 그녀에게 남은 마지막 유산이었다. 하지만 배가 고팠다. 몸소 겪는 굶주림은 책에서 읽은 것과 전혀 달랐다. 춥고 힘들고 배고파서 견딜 수 없었다. 그녀는 결국 에밀리를 내동댕이쳤다. 그것은 생명 없는 인형에 불과했다. 그리고 세라는 공주가 아니었다.

"난 죽을 거야." 더 이상은 견디지 못할 거라고 생각한 날 세라는 도랑에서 반짝이는 것을 발견했다. 진흙에 반쯤 파묻혀 있던 것은 4펜스짜리 동전이었다. 그 돈으로 무얼 할지, 두 번 생각할 것도 없었다. 세라는 빵을 여섯 개 샀다. 하지만 문간에서 떨고 있던 거지 아이에게 먼저 하나를 꺼내주었다. 아이는 늑대처럼 낚아챘다. 다시 하나를 꺼내 무릎에 올려 주었다. 그렇게 다섯 개째를 꺼내는 세라의 손은 달달 떨리고 있었다. '진짜 공주는⋯⋯ 자리에서 쫓겨나도 백성들에게 베푸는 거야.'

만일 진짜 공주라면 아무리 배가 고파도 모두 베풀었을 것이다. 왜냐하면 사악한 마녀는 언젠가는 몰락할 수밖에 없고, 그렇게 되면 정당한 왕권을 되찾을 것이기 때문이다. 하지만 그녀는 마지막 빵을 내놓지 않았다. 구멍 뚫린 구두를 신은 세라는 혹시 쫓겨난 공주라는 게 세상에 존재하더라도, 그것은 자신이 아니라는 사실을 잘 알고 있었다.

세라는 하나 남은 빵을 조금씩 뜯어 가능한 천천히, 오래오래 씹었다. 미트파이를 본 베키의 눈이 어째서 그렇게 반짝였는지 그녀는 비로소 깨달았다. 녹아 없어지는 스펀지케이크는 그녀의 허기를 달랠 수 없었다. 세라 역시, 미트파이를 간절히 원했다.

베키가 민친 교장의 밤참을, 다름 아닌 미트파이를 훔쳐 먹었다는 누명을 쓰자 세라는 불같이 화를 냈다. 그 둔한 어먼가드마저도 그것이 베키가 아닌 세라 자신을 위한 분노라는 사실을 알 수 있을 정도였다. "세라, 너, 너, 배고프니?" 바보는 언제나 진실을 밝힌다. 세라의 기만을 부술 수 있는 것은 그것이 얼마나 견고한지 꿈에도 모르는 멍청이뿐이었다. "맞아. 너무 고파서 너라도 잡아먹을 지경이야."

어먼가드는 집에서 부쳐 온 바구니를 다락방으로 들고 왔다. 케이

크, 잼 타르트, 빵, 오렌지, 레드커런트 포도주, 무
화과, 초콜릿, 그리고 물론 미트파이. 하지만 파
이를 한입 베어 물기도 전에 민친 교장이
들이닥쳤다. 어먼가드는 엉망진창이 된
바구니를 끌어안고 울면서 돌아갔고,
굶주린 세라는 꿈의 세계로 달아났다. 이웃
집의 인도인 하인 람다스가 지붕을 타고 건너와 다락방
의 판타지를 현실로 만든 것은 바로 그날 밤이었다.

세라는 따뜻하고 기분 좋은 느낌에 잠을 깼다. 하지만 여전히 꿈이라
고 생각한다. 왜냐하면 현실에서 그런 것은 절대 주어지지 않기 때문이
다. 그래서 난롯불에 손을 내밀다 깜짝 놀란다. "따뜻해. 이건 진짜야.
꿈이 아니야." 난로 말고도 두툼한 이불과 옷이 있고, 수프와 토스트
와 샌드위치와 머핀이 차려져 있었다. 아무리 왕족의 몸가짐을 가졌어
도 람다스는 하인이었다. 미트파이는 아닐지언정, 다락방 소녀에게 절
실한 것은 즐거운 입보다는 든든한 배라는 사실을 그는 이해하고 있었
다. 진하고 뜨거운 차는 그녀의 어떤 판타지보다 아름다웠다. 다음 날
내내 세라의 얼굴은 환하게 빛났고 뺨은 발그레했다. 아무리 구박 받고
아무리 힘들어도 세라는 물론 베키도 여유로웠다.

Meat Pie

The king of food

터번을 두른 램프의 요정이 할 수 있는 것은 거기까지였다. 굶주린 옆집 아이의 작은 뱃구레를 채우는 것 이상의 일을 위해서는 진짜 마법이 필요했다. 그것을 가능하게 만든 것은 인간이 아닌 미물이었다. 지붕을 타고 도망쳐 온 옆집 원숭이는 세라를 그녀의 적법한 왕좌로 안내했다. 이름도 모르던 옆집 신사는 아버지의 절친한 친구였다. 세라는 영원히 잃어버린 줄만 알았던 재산을, 그리고 자신만을 사랑해주는 사람을 되찾는다. 판타지와 현실이 다시 겹친 것이다.

"다시 공주라도 된 기분이겠구나." 떠나는 세라에게 민친은 마지막으로 내뱉었다. "진짜 공주가 되려고 애썼을 뿐이에요. 제일 춥고 배고플 때조차도." 세라는 대답했다. "이젠 애쓰지 않아도 되겠구나." 현실에 굳건히 발을 디딘 존재로서 민친은 언제나 진리만을 말한다. 그녀는 그 발칙한 아이가 현실과 정면으로 맞서는 대신 언제나 판타지로 도피했다는 것을 알고 있었다. 세라의 기만은 거의 성공할 뻔했다. 하지만 갓 구운 빵과 머핀과 샌드위치, 그리고 무엇보다도 미트파이 앞에서 그녀는 더 이상 스스로 공주라고 상상할 수 없었다. 배가 고프다는 것 말고는 그 어떤 생각도 불가능했다.

며칠 후 민친 교장은 창밖에서 가장 보고 싶지 않은 광경을 발견했다. 화사한 모피를 차려입은 세라가 늠름한 말들이 끄는 마차에 올라타고 있었다. 마차가 향한 곳은 세라가 길에서 주운 동전으로 빵을 사 먹은 빵집이었다. 왕좌를 되찾은 공주로서, 가난한 아이들을 위한 작은 무료 급식소를 차릴 생각을 한 것이다. 그곳에서 그녀를 맞아준 것은 거지 아이였다. 마음 좋은 빵집 주인이 거둬 준 것이다. "이 아이 이름은 앤이야. 성은 없고." 세라는 다시 공주가 되었고, 거지 아이는 이름을 얻었다. 그리고 둘 다, 더 이상 배고프지 않다.

『소공녀』 프랜시스 호지슨 버넷

프랜시스 호지슨 버넷은 영국인이지만 열여섯
살 때 온 가족이 미국으로 이주했다. 그녀는 열
아홉 살부터 잡지에 글을 팔아 먹고산 생계형
작가였는데, 서른일곱에 출판한 『소공자』가 큰 인기를
얻으며 비로소 유명 작가가 되었다. 『소공녀』, 『소공자』, 『비밀의 화원』 모두 버넷
의 작품이다. 이 책들이 어찌나 잘 팔렸던지, 마찬가지로 미국과 영국을 오가며 작
품 활동을 한 헨리 제임스의 큰 부러움을 샀다고 한다.

『소공녀』는 동시대 작가 샬럿 브론테의 미완성작 『에마』가 없었다면 나오지 못했
을지도 모른다. 이는 상속녀가 재산을 잃고 기숙학교에 버려진다는 내용의 소설로
처음 두 장만 출판되었다. 버넷은 브론테의 스무 쪽짜리 초고를 읽고 1887년 중편
소설 「사라 크루, 또는 민친 기숙학교에서 생긴 일」을 썼다. 이는 1902년 희곡 『요
정 아닌 어린 공주』로 각색되어 런던과 뉴욕에서 대성공을 거두었으며, 1905년 마
침내 우리가 아는 소설 『소공녀』가 출판되었다. 이는 다시 뮤지컬, 영화, 드라마로
만들어졌는데 추천하고 싶은 것은 역시 20세기폭스사의 1939년 작 영화다. 내용
과 전개는 참으로 지지부진하지만 셜리 템플이 예쁜 옷을 입고 노래하며 춤추는 모
습을 실컷 볼 수 있다.

분이는 부채과자를 든 손이 부들부들 떨렸다.
눈물도 나오지 않았다. 한참 동안 문간 앞에서
기운 없이 서 있다가 가까스로 집으로 향했다.
'반 조각이어서 받지 않았어.'
분이는 부채과자를 호주머니에 넣고
와드득 손바닥으로 눌러 버렸다.

_권정생, 『슬픈 나막신』

상처 받지 않는 선물

이름 그대로, 나가야長屋**는 긴 집이다.** 폭은 좁지만 길이는 길어서 전장 80미터까지 이르기도 한다. 그 긴 집에서 설마 혼자 살까, 여러 세대가 벽을 공유하며 나란히 이어진다. 하지만 출입문은 각각 달려 있어서, 방에서 문 열면 바로 마당이다. 부엌은 따로 쓰지만 우물과 화장실은 마당에 있는 것을 공동으로 사용한다. 돈 있는 사람들이 이런 데 살 리 없다. 중산층 이상은 대로변에 위치한 자기 소유의 독립 가옥에서 생활하고, 없는 사람들은 뒷골목에 늘어선 나가야에서 세를 산다. 하루 벌어 하루 먹고사는 사람들의 고단한 삶과 그래도 끈질기게 이어지는 작은 희망. 나가야는 일찍이 에도 시대부터 서민 예술의 단골 소재가 되었다.

제2차 세계대전이 한창인 시부야의 빈민가 혼마치에 오래된 나가야가 있다. 하루가 멀다 하고 울리는 공습경보 속에서 한국인과 일본인이 옹기종기 모여 산다. 그들은 가난하다. 한국 사람도 가난하고 일본 사람도 가난하다. 한국인들은 돈 때문에 고향을 버린 신세고, 일본인들 역시 몰리다 몰려 여기까지 온 사람들이다.

준이와 용이와 분이는 한국 아이, 에이코와 미쓰코와 가즈오는 일본 아이다. 하나코는 일본 아이지만 한국인 남편과 일본인 아내의 수양딸이 되었다. 아이들의 작은 배는 항상 굶주려 있다. 밥 대신 죽을 끓이면 쌀이 덜 든다는 사실을 깨우친 지 오래고, 어쩌다 캐러멜이라도 한 갑 얻어 걸리면 곧장 입에 넣는 대신 주머니에 감춘다. 어울려 놀다 저녁 때가 되면 한국 아이 일본 아이 가릴 것 없이 점을 친다. 나막신을 발로 차올려서 젖혀지면 죽이고, 똑바로 서면 밥이다. 밥은 무슨 밥, 죽도 아닌 감자 지짐이나 콩깻묵, 술지게미로 끼니를 때우는 게 태반이지만 아이들은 나막신 점을 그만두지 못한다.

분이는 누구보다도, 뭐든 잘 먹었다. 군고구마는 껍질째, 곤약은 맨 것으로, 생쌀도 뽀득뽀득 씹어 먹었다. 술장사를 하는 어머니는 아이들을 부엌방에 밀어 넣고 손님들을 상대하다 남편이 들어오면 새벽까지 싸움을 벌였다. 분이와 동생들은 밤늦도록 바들바들 떨다가 저녁도 굶고 잠들었다. 분이는 준이를 좋아하지만, 준이는 지저분한 분이가 달갑지 않다. 그런데 얘가 온 동네 아줌마들 앞에서, 자기한테 시집가겠다고 선언한 것이다. 우물가가 떠나가라 폭소가 터지는 가운데 준이는 분이를 때렸다.

어떻게 할까. 어떻게 해야 하는 걸까. 동동거리던 분이는 까무러쳐라 우는 동생에게 과자나 사 주라며 어머니가 내준 1전짜리 동전에서 답을 얻었다. 분이는 유리를 없는 것처럼 깨끗하게 닦아 놓은, 언제나 닫혀 있는 가게 문을 열었다. 하얀 앞치마를 입은 주인은 더러운 조선 아

이에게 언짢은 눈치를 보이는 대신 동전을 소중하게 받아 넣으며 깍듯이 인사했다. 분이는 부채과자를 반으로 갈라 동생에게 작은 쪽을 주고 큰 것은 주머니에 숨겼다. 그러고는 숨 가쁘게 준이네로 내달렸다. "이것 줄게, 나하고 놀자." 준이는 입을 삐쭉하더니 분이의 코앞에서 문을 닫아버렸다.

준이가 과자를 받지 않은 이유를 분이는 반쪽이라는 것 이외에는 생각할 수 없었다. 과자인데, 그 얼마만의 과자인데. 자신의 새카만 손톱과 수세미 같은 머리카락 때문에 입맛이 떨어진 것이라고는 도저히 상상할 수 없었다.

⁝

먼 옛날부터 인류는 단것을 원했다. 기원전 3500년 건설된 피라미드에는 이집트인이 설탕 대신 벌꿀과 대추야자 열매로 과자를 만드는 모습을 그린 벽화가 있다. 일본 최초의 과자는 햇볕에 말린 쌀과자였다. 이후 당나라를 통해 설탕이 들어오며 시작된 과자 문화는 14세기 다도 문화가 퍼지면서 한층 발전했다. 오늘날의 와가시和菓子의 틀이 잡힌 것은 17세기 사탕수수 재배가 시작되면서부터다. 와가시는 에도 시대 사무라이들 사이에서 가장 인기 있는 선물이었고, 계절에 맞는 훌륭한 와가시를 대접하는 것은 개인의 교양을 보여 주는 것으로 여겼다.

나는 이 책을 두 번 읽었다. 2002년 다시 나온 판본에는 '부채과자'

라고 돼 있지만 어렸을 때 기억으로는 센베이せん
べい, 煎餅였다. 센베이는 원래 밀가루로 만든 중
국과자였다. 하지만 벼농사를 많이 짓는 에도
에서는 쌀로 만들기 시작했다. 멥쌀로 만들어
소금을 뿌린 것은 시오센베이鹽せんべい라고 부르며,
찹쌀로 만든 것은 오카키おかき, 아라레あられ라고 한다. 도쿄를 비롯한 간
토 지역에서는 지금도 밀가루보다는 쌀로 만든 센베이가 인기다.

반면 교토나 오사카를 중심으로 하는 간사이 지역에서는 밀가루에
계란, 설탕을 섞어 철제 틀에 부어 구워 낸 과자를 센베이라고 불렀고,
간토에서 들어온 찹쌀이나 멥쌀로 만든 과자는 오카키, 가키모치かきもち
라고 했다. 그렇지만 현재는 간사이에서도 센베이 하면 보통 쌀과자로
통하며, 교토의 전통 있는 센베이 가게에서도 쌀가루로 만든 센베이를
판다.

그밖에도 생선 센베이, 연근 센베이, 뼈 센베이처럼 특이한 것들이 있
고, 요즘에는 간장이나 소금 맛뿐 아니라 고춧가루 맛, 시치미 맛에 이
어, 와사비 맛, 김치 맛, 커리 맛, 초콜릿 맛, 마요네즈 맛, 칠리 맛 센베
이까지 등장했다. 미국에도 1900년대 농장 노동자로 유입된 이민들에
의해 센베이가 전해졌다. 하와이에서는 이를 가키모치 혹은 모치크런
치로 부르는데, 팝콘과 섞어 먹는 게 인기다. 대범하게 아라레, 팝콘, 후
리카케를 섞은 것은 허리케인 팝콘이라고 부른다는데 별로 먹어 보고
싶지는 않다.

간토풍 센베이는 비교적 간단히 만들 수 있다. 밥을 찧은 후 조금씩 떼어 내서 얇게 밀어 말린다. 엷은 황금빛이 될 때까지 오븐에서 굽는다. 간장과 식초를 섞은 소스를 바른 후 짙은 황금빛이 될 때까지 다시 굽는다. 랩으로 싸서 민다거나, 햇볕 대신 전자레인지를 이용해 말리는 꼼수도 있다.

한국에서 파는 간사이풍 센베이는 좀 더 까다롭다. 밀가루와 가루설탕을 체에 친다. 버터는 녹이고 계란은 거품을 낸다. 잘 섞어서 밀봉해 하루 이상 숙성시킨 반죽을 숟갈로 떠내고 얇게 밀어서 고온에 살짝 굽는다. 뜨거울 때 밀대에 얹어 식히면 살짝 휘어진 모양이 나오는데 이를 4등분한 게 부채과자다. 동그랗거나 네모난 모양도 있으며 땅콩이나 파래를 섞기도 한다. 어찌 보면 프랑스 과자 튀일과 비슷하다.

⁘

사무라이는 역사 속으로 사라졌다. 다도 역시 일본인의 일상과 멀어진 지 오래지만 와가시는 여전히 현재 진행형이다. 인사치레를 중시하는 전통은 여전하기 때문이다. 일본에는 오미야게 おみやげ, 御上産 강박증이라는 게 있다. 명절은 물론이고 평상시에도 남의 집을 방문할 때는 반드시 오미야게, 즉 선물을 가져가며, 짧은 여행이나 하다못해 출장을 다녀오더라도 오미야게를 돌려야 한다. 이는 일종의

사회적 규범이어서, 혹시라도 적절한 오미야게를 주지 못하면 엄청난 구설수에 오를 각오를 해야 한다. 과자는 과하지도 덜하지도 않은 가장 무난한 오미야게다. 특히 와가시는 맛 못지않게 모양을 중요시한다는 점에서 어려운 자리에도 적당한 선물로 꼽힌다.

일본인은 속마음과 겉마음, 즉 혼네ほんね, 本音와 다테마에たてまえ, 建前를 엄격하게 구분한다. 속으로는 무슨 생각을 하건 남에게 보이는 모습은 철저히 정해진 규범을 따른다는 얘기다. 오미야게는 철저하게 다테마에의 표현이다. 오미야게를 고를 때 받는 사람이 무엇을 갖고 싶은지는 중요하지 않다. 주는 사람이 무엇을 주고 싶은지도 마찬가지다. 사회적 규범을 기계적으로 따라가기만 하면 된다. 거기에 그 어떤 개인적인 것이라도 들어가면 오히려 안전하지 않다.

단지 겉마음뿐이라면 얼마든지 내줘도 잃을 게 없고, 혹시 거절 당하더라도 아프지 않다. 하지만 진심으로 부딪칠 때 사람은 상처 받을 수밖에 없다. 이 사실을 분이는 몰랐다. 그 애는 자신의 속마음을 고스란히 주었다. 가장 소중한 것을 내줬다. 분이의 선물이 만일 준이를 망신 준 것에 대한 사회적 '인사'에 불과했다면, 코앞에서 문이 닫혔다고 과자를 부숴 버리지는 않았을 것이다. 어깨를 한 번 으쓱하고는 자기가 대신 먹어 치웠을 것이다.

와드득. 분이는 나중에 후회했을 것이다. 살짝 휜 부채과자는 쉽게 부서진다. 완전히 가루가 되어 거친 입성의 실오라기 한 올 한 올에 박힌 과자를 손톱으로 긁어내며 그 애는 다짐했을 것이다. 다시는 진심을

보이지 않을 거야. 앞으로는 가장 소중한 것을 내놓지
않을 거야.

전쟁이 막바지로 치달을수록 아이들의 배
고픔은 극심해졌다. 당고장수와 오뎅장수
는 더 이상 오지 않았다. 호떡집은 문을 닫
고 과자가게에도 과자가 없었다. 에이코는 피
를 토하고 죽었는데 못 먹어서 걸린 결핵이었다. 준
이네는 쓰레기더미에서 주워 온 언 고구마와 상한 빵 조각을 구워 먹었
다. 분이네는 버려진 개를 붙잡아 와 잡았다. 참혹한 비명에 귀를 막던
준이도 분이가 노란 기름이 둥둥 뜬 개장국을 냄비에 담아다 주면 맛
나게 먹었다. 그 굶주림 앞에서 분이의 새카만 손톱은 보이지 않았다.
그 압도적 허기 앞에서는 어떤 겉마음도 속마음도 중요하지 않았다.

『슬픈 나막신』 권정생

권정생은 1937년 도쿄에서 태어났다. 광복을 맞
아 한국으로 돌아왔지만 온 식구가 뿔뿔이 흩어졌
다. 아홉 살짜리 소년은 가족의 생사도 모르는 채 한
동안 혼자 살아야 했다. 간신히 재회했으나 병든 몸으로 가족에게 부담을 주기 싫
어서 모친이 사망한 후 떠돌이가 되었다. 부친마저 세상을 뜨자 교회 종지기로 일
하다가 1969년부터 동화를 썼다. 이름을 얻은 후에도 직접 지은 다섯 평짜리 오두
막에서 강아지와 검소한 생활을 하다 2007년 지병으로 사망했다.
『슬픈 나막신』은 어린 소년에게도 너무나 생생했던 가난과 전쟁을 차분하게 증언
한다. 1970년대에 처음 나왔다 절판되었던 것을 2002년 다시 내며 그는 짤막한
서문을 붙였다. "지금 다시 책을 읽어보니 얼굴이 활활 달아올랐습니다. 이렇게 서
툰 글도 있구나 하고 감안해서 읽어주시기 바랍니다." 그의 말은 겸양이 아니라 진
심이었을 것이다. 하지만 나는 동의할 수 없다. 어렸을 때 인상적이던 책을 나중에
다시 보면 영 별로인 게 있는 반면, 여전한 감동을 주는 것도 있다. 이 책은 분명 후
자에 속한다.

우리는 모자와 앞치마를 걸친 채로
큼직한 포크니 숟갈이니 프라이팬을 들고
텅 빈 복도를 행진해 교직원 휴게실로 쳐들어갔습니다.
교수님들이 반쯤 졸면서 평화로운 저녁을 보내고 있었어요.
우리는 교가를 부르고 다과를 대접했어요.
그분들은 정중하게, 하지만 미심쩍어 하며 받아들였다죠.
우리는 당밀 사탕 덩어리를 빠느라 끈적끈적 말도 못하는
그분들을 놔두고 나왔어요. 보세요, 아저씨.
저의 교육은 진보하고 있어요!

_진 웹스터, 『키다리 아저씨』

'땡겨' 사탕보다
끈끈한 제룩샤의 과거

＊

존 그리어 고아원 문앞에는 가끔 바구니가 버려진다. 이름이
적힌 쪽지가 있는 경우도 있지만 대개는 달랑 아기뿐이다. 리펫 원장은
새로 들어온 아기의 성을 전화번호부에서 고른다. 이름은 생각나는 대
로 짓는데 이번에는 묘비에서 따왔다. 제루샤 애벗, 자신을 대학에 보
내준 은인에 대해 그녀가 아는 것은 세 가지뿐이다. 키가 크다. 부자다.
그리고 여자애들을 싫어한다.

　태어나서 지금까지 고아원에서만 자란 소녀가 모르는 것은 키다리
아저씨의 정체만이 아니었다. 제루샤는 『작은 아씨들』을 읽지 못했고,
「모나리자」를 본 적이 없었으며, 셜록 홈즈에 대해 들어 보지 못했다.
헨리 8세가 여러 번 결혼했다는 것도, 조지 엘리엇이 여자라는 사실도
몰랐다. 하지만 모른다고 말할 수 없었다. 부끄러워서가 아니다. 다들
당연히 알 거라고만 생각했기 때문이다. 제루샤는 이방인이 되지 않기
로 결심한다. 다른 애들의 언어를 배우기로 했다. 어스름이 내리면 문
에 '공부 중' 팻말을 건다. 목욕 가운을 걸치고 복슬복슬한 슬리퍼를
신고 책을 펼친다. 『마더구스』, 『신데렐라』, 『제인 에어』, 『이상한 나라

의 앨리스』그리고 물론 『작은 아씨들』. 평범한 집안의 소녀가 읽었을 법한 책이라면 뭐든 닥치는 대로 읽었다.

하지만 동급생들은 결코 평범한 집안 출신이 아니었다. 『키다리 아저씨』가 출간된 1912년 미국 여성의 대학 진학률은 5퍼센트에 불과했다. 진보적 태도와 넉넉한 재산을 겸비한 집안의 딸들만 대학에 진학할 수 있었다. 제루샤가 다니는 대학의 이름은 책에 나오지 않는다. 하지만 여러 정황으로 볼 때 그것은 지은이의 모교 버사 칼리지다. 버사 칼리지는 1861년 설립되었다. 규모는 작지만 하버드, 프린스턴, 예일과 함께 미국 초기 상류층의 대학 교육을 책임진 명문이고, 래드클리프, 스미스와 함께 '일곱 자매'로 불리는 미국 최초의 여대들 중 맏언니기도 하다.

학교 식당은 옥수수죽만 나오는 고아원 식당과 너무나 달랐다. 일주일에 두 번씩 아이스크림이 나오고, 운동회라도 열리면 게 튀김과 농구공 모양의 초콜릿 아이스크림이 차려진다. 산책 나갔다 출출해지면 닭튀김에다가 메이플시럽을 듬뿍 뿌린 와플을 먹고, 재시험 전날에는 따끈하게 데운 머핀, 정어리, 퍼지, 블랙커피로 암울함을 달랜다. 제루샤는 실컷 먹고, 많은 친구들을 사귀고, 한꺼번에 새 옷을 여섯 벌이나 샀다.

그녀는 스스로를 주디라고 불렀다. 제루샤에게 끼니가 목구멍에 풀칠을 하는 것이었다면, 주디에게는 즐거움이고 안락함이다. 더 이상 제루샤가 아닌 주디는 어느 날 식탁에 오른 디저트를 묘석이라고 조롱하기도 했다. 그 묘석의 원래 이름은 '블라망주'로, 우유와 설탕을 젤라틴과 전분으로 굳혀 아몬드로 향을 내고 차갑게 내는 디저트다. 말하자면 우유 푸딩인데 13세기까지 거슬러 올라가는 오래된 요리다. 아이스크림 같은 신식 디저트에 입맛을 들인 주디에게 고아원에서 나오던 자두 푸딩 못지않은 구식 디저트 블라망주가 묘석으로 보인 게 무리는 아니다. 하지만 18년간 보거나 들은 것이라면 모를까, 먹은 것에서 벗어날 길은 없다. 학교 식당에 전에 먹던 양고기 스튜나 루바브 파이라도 나오면 고아원의 기억이 어쩔 수 없이 돌아온다. "저는 아직도 존 그리어 고아원 밖에 있는 게 익숙하지 않아요. 계속 뒤를 돌아보며 리펫 원장님이 제 등을 움켜잡으려고 팔을 뻗고 쫓아오지 않나 확인해야 할 것 같아요."

그것은 단순히 나쁜 꿈이 아니었다. 겨울방학을 맞아 리펫 원장은 고아원 일을 거들라는 명을 내린다. 학교를 떠나면 주디일 수 없다. 제루샤로 돌아가는 수밖에 없다. 그녀는 방학 내내 학교에 남기로 한다. 그러고는 그녀와는 전혀 다른 이유로 남은 학생들과 함께 당밀 사탕을 만든다.

배고픈 여학생 400명을 먹이려면 부엌이 보통 커 갖고는 안 된다. 빨래 삶는 대야만 한 구리 솥이 줄지어 걸린 부엌에서 스물두 명의 여학생은 비장한 각오로 앞치마를 둘렀다. 그리하여 먹는 사람은 괴롭지만 만드는 사람은 신나는 사탕 만들기.

당밀 '땡겨' 사탕은 말 그대로 당겨서 만드는 사탕이다. 흑설탕, 당밀, 식초를 센 불에 올리고 저어주다가 끓기 시작하면 중간 불로 낮춘

DADDY
LONG
LEGS

BLANCMANGE

PLUM PUDDING

MOLASSES PULLED CANDY

다. 버터를 한 덩어리 넣고 자주 저어주다가 찬물에 떨어트린 시럽이 단단하게 굳어질 정도면 불에서 내린다. 먼저 큼지막한 접시에 버터를 아낌없이 바른다. 내용물을 쏟고 버터를 역시 넉넉히 바른 손으로 뭉친다. 적당히 식으면 한 덩어리를 떼어내 양끝을 잡아당기는데, 완전히 굳을 때까지 가능한 한 여러 번 당겨준다.

사탕 시럽은 일단 끓었다 하면 폭발할 기세로 부글거린다. 스물두 명의 소녀들이 얼마나 난리를 쳤을까, 또 얼마나 즐거웠을까. 간신히 다 '땡기고' 나자 부엌과 문고리와 여학생들은 뭐라 할 수 없이 끈적끈적해졌다. 벽을 붙들지 않고는 똑바로 설 수도 없었다.

여름방학이 오자 주디는 찻주전자와 접시만 세 상자나 꾸려 키다리 아저씨가 주선한 록윌로 농장으로 떠났다. 그곳의 식사는 대학 식당처럼 사치스럽지는 않았다. 햄, 계란, 비스킷, 피클, 파이 등 육체노동을 하는 사람이 맛있다고 생각할 법한 것들뿐이다. 하지만 일꾼들은 부엌에서 식사하는 반면 주디는 주인 부부와 함께 식당을 차지했다. 주디는 소를 몰고, 건초를 긁고, 도넛을 튀기고, 버터를 만들었지만 그것은 노동이 아니었다. 공부에 싫증난 여대생의 심심파적에 불과했다.

19세기까지 버터는 손으로 만들었다. 하지만 1870년대 원심분리기의 도입으로 버터 공장들이 생겨나기 시작했고, 20세기에 들어서자 미국에서 생산하는 버터의 반은 이미 공장제였다. 그래도 록월로 농장에서는 여전히 손으로 버터를 만들었다. 왜냐하면 이곳은 생계형 농장이 아니기 때문이다. 록월로 농장은 뉴욕 상류층 펜들턴 가의 저비스 도련님이 어린 시절을 보낸 곳이고, 명문대 학생 주디 애벗이 방학을 지내는 곳이기도 하다.

난생 처음인 농장 경험에 주디는 넋이 나갔다. "이곳은 천국 중 천국이에요. 아저씨와 하느님이 저에게 분에 넘치는 행복을 베풀어 주셨어요." 하지만 다음 해에는 이야기가 달라졌다. "그들의 세계는 이 언덕 하나뿐입니다. 보편적인 것이라고는 한 알갱이도 없어요. 존 그리어 고아원과 정확히 똑같습니다. 그곳에서 우리의 생각도 쇠 울타리로 사방이 막혀 있었어요. 하지만 제가 너무 어리고 바빠서 신경 안 썼던 거죠." 그녀는 스티븐슨의 말을 인용하며 편지를 맺는다. "세계는 너무나 여러 가지로 가득하다. 확신하건대 우리 모두 왕처럼 행복해야 할 것이다."

왕이 되기 위해 주디가 선택한 세계는 상류층 유한부인의 삶이었다. 그녀는 졸업과 동시에 출판사에 원고를 팔아 1,000달러라는 거금을 선인세로 받으며 전도유망한 소설가로서 첫발을 내딛는다. 하지만 작가로서의 미래를 포기하고 펜들턴 가로 시집가기로 결정한다. 어쩌면 이

름이 한 인간의 운명을 결정한다는 이야기는 사실일지 모른다. 제루샤라는 이름에는 기혼, 또는 상속 재산이라는 뜻이 있다. 그토록 거부하던 그 이름이 바로 그녀의 운명이었던 것이다.

어린 나에게 주디의 결혼은 엄청난 배신이었다. 왜냐하면 그녀의 결정에는 사소한 망설임도 없었기 때문이다. 하지만 지금은 안다, 그것은 선택의 문제가 아니라는 것을. "구두약, 칼라, 새 블라우스용 옷감, 제비꽃 크림, 카스티야 비누. 하나같이 꼭 필요한 물건이죠. 없으면 하루도 편하게 지내지 못할 물건이에요." 주디는 대학에서 공부만 한 게 아니다. 상류층 딸들과 똑같은 가게에서 옷을 맞추고, 똑같은 연극을 보고, 똑같은 아이스크림을 먹었다. 그녀는 이제 노동계급으로 살 수 없다. 오 헨리 소설의 여주인공들처럼 타자를 치거나 백화점에서 장갑을 팔아 방세를 내고, 허름한 중국집에서 볶음면을 사주는 남자와 데이트를 하다가, 이따금 큰맘 먹고 코니아일랜드나 놀러 가는 삶을 영위할 수 없다.

"수영장이 레몬 젤리로 가득 차 있다면 수영하려는 사람은 떠 있을까요, 아니면 가라앉을까요?" 그녀는 한때 키다리 아저씨를 그렇게나 매혹시켰던 쓸데없는 질문을 더 이상 하지 않는다. 존 그리어 고아원 따위는 크리스마스 선물로 주는 남편을 둔 주디 펜들턴 부인이기 때문이다. 명확한 답이 없는 질문은 그녀에게 아무 의미도 없다. 그런 것들은 블라망주 묘비 밑에 영원히 장사 지냈다.

『키다리 아저씨』 진 웹스터

진 웹스터는 쟁쟁한 사회 운동가 집안에서 태어났다. 증조할머니는 금주운동에 참여했고, 할머니는 흑인 해방 및 여성참정권을 위해 싸웠으며, 본인도 여성참정권을 비롯한 여러 사회 활동에 평생 적극적으로 참여했다.

그런 그녀가 어째서 이런 결말을 썼을까? 주디는 왜 기다렸다는 듯 작가를 포기하고 부잣집으로 시집갔을까? 더구나 강남좌파로리콤, 즉 자기 나이 생각 않고 어린 여자에게 치근대는 입만 진보적인 백만장자 저비스 펜들턴에게? 당시 여성운동에는 분명 부르주아적이고 엘리트적인 성격이 있었다. 시대적 한계를 받아들여야겠지만, 찜찜하고 속 터지는 것은 어쩔 수 없다.

속편인 『친애하는 나의 적』은 기숙사 룸메이트 샐리가 존 그리어 고아원 원장으로 부임하는 장면에서 시작한다. 내가 이 책을 기어이 찾아 읽은 것은 주디가 혹시 나중에라도 작가의 길로 돌아가지 않을까 하는 기대 때문이었다. 그 바람은 참으로 부질없었다. 주디는 그림에서 빠져나온 듯한 유한부인의 삶에서 한 치도 벗어나지 않는다. 이 책은 여전히 부르주아적이고 엘리트적인 데다가 한술 더 떠서 우생학적 편견까지 드러낸다. 그래도 재미있으니 이를 어쩔 것인가.

나는 라드 약간을 불에 올렸다.
작은 그릇에 물과 조금 남아 있던 밀가루를 넣어
덩어리가 없어질 때까지 섞고,
소금과 후추를 뿌려 뜨거운 라드에 부었다.
덩어리가 안 지도록 휘저으며 맛을 보고 소금을 더 넣었다.
그러고는 냄비가 끓기를 뚫어지게 바라보고 있는
동생들의 시선을 느끼면서 계속 휘저었다.

_V. C. 앤드루스, 『헤븐』

천상의 삶은
기름지지 않다

라드는 돼지비계로 만든다. 잘게 썬 비계를 물로 끓이거나 쪄서 불순물을 분리하는 수성 정제법과, 그냥 고온에서 녹여 거르는 건성 정제법이 있다. 전자는 번거롭지만 누린내가 덜하고 빛깔이 엷으며 발연점이 높다. 후자는 간편한 대신 질이 떨어져서 싸게 팔린다.

라드는 동서양을 막론하고 오랫동안 사랑 받았다. 100년 전, 아니 50년 전만 해도 돼지를 잡는 건 고기보다 기름 때문이었다. 사람들은 라드로 고기를 지지고, 채소를 볶고, 수프를 끓이고, 과자를 굽고, 빵에 바르거나 밥에 얹어 먹었다. 하지만 20세기 후반 건강에 대한 관심이 높아지며 동물성 기름인 라드의 위상은 급격히 추락했다. 그래도 아름다운 열세 살 소녀 헤븐 캐스틸이 라드에 진절머리를 내는 건 포화 지방 때문은 아니었다.

헤븐은 전기도 수도도 없는 산속에 산다. 병약한 할아버지와 할머니, 무책임한 아버지와 삶에 지친 새어머니, 올망졸망한 이복동생 다섯과 함께다. 그녀는 여덟 살부터 유리창과 바닥을 닦았고, 물을 길어 와 빨래를 했고, 비스킷을 굽고 그레이비를 만들었다.

그레이비는 요리에 끼얹는 소스다. 팬에 고기나 생선을 굽다가 다 되면 덜어 둔다. 남은 찌꺼기에 육수나 포도주, 심지어 커피를 붓고 박박 긁어서 끓이다가 밀가루를 넣어 걸쭉하게 만든다. 하지만 헤븐네 부엌은 고기와도 생선과도 인연이 없다. 그녀가 만드는 그레이비에는 밀가루와 맹물, 그리고 라드밖에 들어가지 않는다. 하루에 두 번, 그것을 비스킷에 끼얹어 먹는 게 끼니의 전부다.

아버지 루크는 법망의 경계를 아슬아슬하게 넘나드는 사람이다. 뭘 하는지 툭하면 집을 비우는데, 어쩌다 돌아와도 먹을거나 조금 사다 줄 뿐 곧장 도로 나간다. 그가 거들먹거리며 내려놓는 식료품 봉투에 들어 있는 것은 밀가루, 콩, 사과, 감자, 순무, 양배추, 그리고 큼직한 라드 깡통이 고작이다. 그 라드는 가게에서 파는 것 중 최하품이었을 것이다. 누린내가 지독한 라드를 비스킷에 바르며 헤븐은 생각한다. '언젠가는, 언젠가는 빵에 버터를 발라 먹는 날이 올까?'

헤븐은 늘 배가 고프다. 하지만 티 내지 않으려고 죽도록 노력한다. 특히 친절한 담임 선생님과 부유한 남자친구가 알아서는 안 된다. 배다른 여동생 파니는 언니가 못마땅하다. "헤븐, 왜 자존심을 지켜야 하는 거지? 난 모두에게 소리 지르고 싶어! 우리들은 배가 고파! 추워서 참을 수 없어! 비참해서 죽을 것 같아!" 아이들을 불쌍히 여긴 선생이

레스토랑으로 데려가자 파니는 거침없이 말한다. "여기서 제일 맛있는 것, 선생님이 좋아하시는 것을 골라 주시면 우리도 그걸로 할게요. 단 양배추나 비스킷, 그레이비는 빼고요." 세상에는 고깃국물로 만드는 그 레이비라는 게 존재한다는 사실을 파니는 꿈에도 몰랐던 것이다. 헤븐 은 처음 보는 로스트비프와 겨울인데도 나온 푸른 채소를 두고 먼저 버 터 접시에 손을 뻗었다. "이건 분명 진짜 버터야." 헤븐은 나이프를 집어 들며 꿈결처럼 말했다.

라드로 만든 비스킷에 라드를 발라 라드 그레이비를 곁들여 먹는 삶. 하지만 그것마저 계속될 수 없다면 어떻게 해야 하는 걸까. 조부모는 죽 고, 새엄마는 기형아를 사산한 후 가출했다. 크리스마스이브지만 식료 품 선반에는 비스킷 두 개와 바닥난 거나 다름없는 라드 깡통뿐이다. 그걸로 그레이비를 만들어 봤자 막내의 배를 채우기에도 부족했다. 그 때 기적처럼 아버지가 돌아왔다. 그가 남겨 두고 간 봉투에서 아이들 은 소시지와 사과, 그리고 마가린을 발견한다.

⋮

마가린은 값비싼 버터를 대신하기 위해 발명되었다. 처음에는 우지 로 만들었지만 요즘은 식물성 기름과 유크림을 섞어 만든다. 굽고 튀기 는 거야 올리브유 같은 액상 기름으로도 할 수 있다. 하지만 빵에 발라 먹거나 케이크를 만들려면 고체 상태여야 한다. 식물성 기름은 보통 실

온에서 액체다. 하지만 부분 경화 과정, 즉 수소가스 처리를 거치면 지방의 포화도가 변해 반고체 상태가 된다. 그것이 마가린이다. 마가린 반죽으로 과자를 구우면 버터 반죽보다 바삭바삭하다. 버터와 달리 냉장고에서 꺼내자마자 사용할 수 있고, 보존도 용이하다. 그리고 무엇보다도, 말도 안 되게 저렴하다.

마가린이 버터와 똑같이 맛있다고 생각한 것은 캐스틸가의 굶주린 아이들만이 아니었던 모양이다. 버터 업계는 마가린에 색소를 첨가해 색깔까지 버터와 똑같이 만드는 것을 금지하기 위해 치열한 로비를 벌였다. 그들의 노력에도 불구하고 포화 지방이 적은 데다가 비타민 A, D를 첨가한 마가린은 버터를 대체할 건강식이라는 평판을 얻으며 승승장구했다. 마가린에 대한 소박한 믿음이 깨진 것은 트랜스 지방에 대한 연구가 진행되면서였다.

현대인이라면 지방을 무슨 부모의 원수처럼 보는 게 상식이다. 그렇지만 지방을 먹지 않고는 생명을 유지할 수 없다. 다만 지나친 소비가 문제일 뿐이다. 반면 부분 경화 과정에서 생성되는 트랜스 지방산은 사소하게라도 유익한 점이 없다. 트랜스 지방은 혈관에 해로운 LDL콜레스테롤 수치를 높이고 이로운 HDL콜레스테롤 수치를 낮춰, 결과적으로 심장병의 원인이 된다. 2006년 뉴욕 시는 식당에서 트랜스 지방 사용을 금지하는 법안을 통과시켰고, 한국에서도 2007년 12월부터 가공식품에 트랜스 지방 성분 표기가 의무화되었다. KFC를 비롯해 패스트푸드 업체들이 줄지어 소송을 당하는 가운데 결국 식품 회사들은 트랜스 지방을 대폭 줄인 마가린을 내놓기에 이르렀다.

마가린의 몰락은 라드의 명예 회복에 기여했다. 라드에는 트랜스 지방이 없기 때문이다. 더불어 불포화 지방이 포화 지방보다 많으며, 콜레스테롤 또한 버터보다 적다. 그리고 모든 걸 떠나서, 바삭바삭한 페이스트리와 파이를 만드는 데 라드만 한 것은 없다. 헤븐에게는 유감스럽겠지만 라드에 대한 재평가가 이뤄지고 있다. 라드를 사용하는 옛날 요리법들이 속속 발굴되고 있는데 폴란드에는 라드 샌드위치까지 있다고 한다. 간을 한 돼지비계에 양파를 뿌려 소금, 파프리카와 낸다는데 헤븐이 보면 어떤 표정을 지을지 모르겠다.

　

『헤븐』, 『오드리나』, 『다락방의 꽃들』. V. C. 앤드루스의 소녀들은 아름답다. 그들은 금지된 사랑을 한다. 끔찍한 시련을 겪는다. 마지막의 마지막에야 간신히, 위악적 행복을 맞는다. 헤븐의 아버지는 다시 돌아오지만 그것은 아이들을 팔아먹기 위해서였다. 양부모를 따라 도시로 간 헤븐은 그곳에서 맥도날드를 처음으로 경험했다. 버터도 매일 먹었지만 그녀는 여전히 행복하지 않았다. 양어머니가 죽은 후 헤븐은 친어머니의 친정인 보스턴 명문가로 찾아간다. 하지만 그녀를 기다리고 있는 것은 여전히, 버터를 발라도 목구멍으로 넘기기 버거운 현실이었다.

『헤븐』 V. C. 앤드루스

클레오 버지니아 앤드루스는 10대 시절 학교 계단에서 떨어진 후 평생 휠체어에 의지해야 했다. 하지만 포기하는 대신 통신교육 과정을 마친 끝에 일러스트레이터로 성공했다. 그러다 글을 쓰기 시작했는데 쉰두 살에 출판사에 처음 보낸 원고는 자극적인 맛이 부족하다는 메모와 함께 반송되었다. 4년의 퇴고 끝에 1979년 마침내 출간된 그 소설의 제목은 『다락방의 꽃들』이다.

그녀가 바로 V. C. 앤드루스, 고딕 호러의 여왕이다. 첫 소설의 폭발적인 성공은 이후로도 이어졌지만 처음의 충고를 너무 충실하게 따른 걸까? 하여간에 근친상간은 절대 안 빠지는 막 나가는 전개로 비난도 실컷 받았다. 하지만 아무리 격렬한 반대자라도 그 중독성만은 부인할 수 없다. "나는 책을 읽을 때 다음이 궁금하지 않으면 놓아 버립니다. 그렇기에 누구든 내 책을 읽다 그만두는 일이 없도록 하려고 하죠."

앤드루스는 1986년 유방암으로 사망했다. 그녀의 이름을 달고 나온 책들 중 직접 집필한 것은 열두 권에 불과하고, 나머지는 작가 사후에 가족들이 고용한 대필 작가가 쓴 것이다. 앤드루스 표 대필 소설은 아직도 나오고 있다. 최신작은 시류에 따라 뱀파이어물이지만 그 명성은 예전 같지 않다.

제니퍼는 주문을 외고 있었고, 내 사랑스런 힐러리 에즈라는
솥 위에서 달랑거리고 있었다. 이제 1초도 참을 수가 없었다.
나는 "그만" 하고 소리를 지르면서, 제니퍼의 허리를 붙잡고
손을 흔들어 댔다. 힐러리 에즈라가 땅에 떨어졌다.
힐러리 에즈라는 팔짝팔짝 뛰어 우리 곁을 영영 떠나 버렸다.

_E. L. 코닉스버그, 『내 친구가 마녀래요』 (장미란 옮김, 문학과지성사)

마녀수프를
끓이는 여자들

성장소설 주인공은 못생겼다. 머리카락은 푸석푸석하고 얼굴은 여드름이나 주근깨투성이다. 키가 너무 크거나 너무 작다. 뚱보거나 말라깽이다. 입성은 촌스럽다. 운동신경은 지지리도 없다. 책을 좋아하지만 성적은 그저 그렇다. 예쁘고 인기 있는 애들은 절대 주인공이 될 수 없다. 그 애들은 적이다. 주인공을 괴롭히거나, 아니면 무시한다.

엘리자베스는 열 살이다. 새로 전학 와 아직 친구를 사귀지 못했다. 어느 날 혼자 다니던 등굣길에서 나뭇가지에 올라앉은 소녀를 발견한다. "나는 마녀야." 제니퍼도 인기 없다. 하지만 개의치 않는다. 그리고 어디서나 튄다. 그래도 신경 안 쓴다. 그 애는 뭐든지 알고, 그 무엇에도 동요하지 않는다. 엘리자베스는 제니퍼의 핼러윈 나들이를 따라가서 평생 받은 걸 몽땅 합친 것보다 훨씬 많은 과자를 받아 온다. 제니퍼는 혼자서 20리터 용량의 세발솥을 학교로 들고 온다. 종이봉투를 머리에 쓰고도 계단을 척척 올라간다. 1월에 수박을 가져오고, 3월에 두꺼비를 데려온다.

제니퍼가 마녀라는 사실을 엘리자베스는 인정할 수밖에 없었다. 그녀는 제니퍼의 견습 마녀가 되었다. 그러고는 그 애를 도와 하늘을 날게 해줄 연고를 만들기로 한다. 필요한 것은 손톱, 고체연료 1.5킬로그램, 수박씨, 맨발로 밟은 발자국에서 떠낸 눈뭉치, 사자 젖 분말, 디기탈리스, 독미나리, 벨라도나, 그리고 두꺼비다. 간신히 다 모아 공터에 솥을 걸고 수리수리 마하수리, 준비한 것들을 하나씩 던져 넣다 마침내 두꺼비 차례가 되었지만 엘리자베스는 할 수 없었다. 그것은 그냥 두꺼비가 아니라 힐러리 에즈라, 이름까지 붙여 애지중지하던 친구였다.

"현대의 마녀라면 『맥베스』를 읽어야 해." 제니퍼는 거들먹거리며 말했다. "왜냐하면 그 마녀들은 제일 끔찍한 것만 말해 주거든." 그것은 진실이다. 긴 주걱으로 솥을 젓는 제니퍼를 밀친 순간 엘리자베스가 발견한 것은 다름 아닌 진실이었다. 그들은 마녀가 아니었다. 손톱이니 두꺼비니 모아 봤자 하늘을 나는 약을 만들 길은 없었다.

하지만 어떤 마녀들은 진실을 외면하기 위해 솥을 건다. 그들의 마녀수프 재료는 토마토와 양파와 셀러리, 그리고 양배추다. 다른 야채나 버섯을 넣어도 좋지만 고기는 안 된다. 중요한 것은 큰솥에 푹푹 끓여야 한다는 것이다. 이걸로 일주일을 살아야 하기 때문이다. 그녀들은 하늘을 나는 것보다 훨씬 간절한, 그리고 어려운 열망을 갖고 있다. 그 것은 체중 감량이다.

첫날은 과일, 이틀째는 야채, 사흘째는 야채와 과일, 나흘째는 바나나와 저지방 우유, 닷새째는 쇠고기와 토마토, 엿새째는 쇠고기와 야채, 대망의 마지막 날은 현미와 과일, 야채다. 수프는 얼마든지 먹어도 된다. 오히려 많이 먹을수록 살이 더 빠진단다. 마법이 아니고는 이럴 수 없다.

한국에서는 '마녀수프'라고 불리지만 원래 이름은 양배추 수프다. 양배추 수프 다이어트만큼 오래된 다이어트는 드물다. 미국 다이어트 협회에 의하면 그 기원은 1950년대고, 이후로도 번번이 수그러들었다가도 새로운 이름을 달고 되살아났다.

양배추 수프의 전설은 화려하기 짝이 없다. '군용 양배추 수프 다이어트', '제너럴모터스 다이어트'처럼 공신력 있는 기관을 언급하는가 하면, '돌리 파튼 다이어트'처럼 유명인을 들먹이기도 한다. 미국심장학회가 수술 전 비만 환자의 체중을 줄이기 위해 처방한 거라느니, 트랜스월드에어라인의 스튜어디스들이 하는 다이어트라느니 하는 얘기도 있다. 확실히 말하지만 그들 중 누구도 양배추 수프 다이어트와의 관계를 어떤 식으로든 인정한 바 없다.

"양배추가 지방을 태운대!" 반세기 전에는 팩시밀리로, 21세기에는 인터넷으로 전파되면서 양배추 수프 다이어트는 컬트 현상이 되었다. 더불어 금세기 최고의 도시괴담이며, 대중문화 최고의 아이콘이기도 하다. 수십만, 수백만의 신도들이 믿고 따르는 데에는 이유가 있다. 딱 일주일이면 된다. 배고프지 않다. 그리고 무엇보다도, 확실하게 살이 빠진다.

양배추 수프에는 단백질과 무기질이 심각하게 부족하다. 다이어트 기간 중 어지럽고 구역질이 나며 의욕이 감소하는 것은 그래서다. 또한 고수분 고섬유질 요리 주제에 변비를 가져오며 방귀 냄새까지 독해진다. 그래도 일단 살이 빠지는데 무엇이 문제랴. 딱 일주일! 5킬로그램! 여자들이 열광하는 것은 감량자의 95퍼센트가 1년 후 요요 현상을 경험한다는 사실을 몰라서가 아니다.

양배추가 지방을 연소시킨다는 주장은 사실이 아니다. 그 놀라운 마법은 탄수화물 소비를 극단적으로 줄인 데에 있다. 탄수화물이 풍부한 식단은 혈당치를 높인다. 췌장은 혈당치를 낮추기 위해 당 흡수를 돕는 인슐린을 방출한다. 과도하게 흡수된 당은 지방으로 저장된다. 반대로 저탄수화물 식단에서는 인슐린 분비가 덜 촉진되며, 따라서 지방 또한 덜 저장된다. 2007년『미국 의학협회지JAMA』는 여러 인기 다이어트들을 1년간 추적한 결과 가장 효과적인 것은 앳킨스 저탄수화물 다이어트였다고 선언했다.

⁝

주류 의학계는 저탄수화물 다이어트에 반대해 왔지만 서서히 긍정

하는 곳들도 생겨나고 있다. 누가 뭐래도 몸무게가 주는데 어쩌겠는가, 죽을 때까지 양배추 수프만 먹고 살 수 있다면. 내일 일이야 알 바 아니다. 날씬한 오늘을 살고 싶은 많은 여자들이 솥을 걸고 주걱을 휘두른다. 나도 그중 한 명이다. 6리터 냄비에 한가득 끓인 수프는 생각보다 맛있었다. 물론 배도 불렀다. 하지만 허전했다.

생생하고 구체적인 식욕을 흐릿하고 추상적인 허전함이 잡아먹었다. 어떤 욕망도 희미하게 빛이 바랬다. 그것은 몸이 아니라 마음의 기아 상태였다. 하루 종일 먹을 것만 생각할 줄 알았는데 그렇지 않았다. 먹는 것까지 포함해 아무 생각도 나지 않았다. 일상은 목적이 아니라 도구가 되었다. 일을 못한 건 물론이고, 놀지도 쉬지도 못했다. 멍하니 잠만 잤다. 어쩌면 고통을 잊기 위한 몸의 반사작용이었을 것이다.

나는 지극히 사소한 것에 기뻐하고, 또 슬퍼했다. 또한 극심한 감정 기복 와중에 끊임없이 자책감에 시달렸다. 아무리 야채지만 이렇게 많이 먹어도 될까, 이러고도 살을 뺄 수 있을까. 운동도 못 하고 외출도 안 하며, 수프에 들어가는 채소들의 칼로리만 연신 검색했다.

우울함은 다이어트 종료 반나절을 남기고 극에 달했다. 다 때려치우자. 나가서 도넛이나 한 상자 사오는 거야. 나는 거울 속의 눈 밑이 퀭한, 하지만 배는 볼록한 여자를 향해 말했다. 주섬주섬 옷을 걸치는데 느낌이 이상했다. 단추가 쉽게 채워지는 것이다. 그 바지를 산 이래 처음 있는 일이었다. 머릿속에서 아드레날린이 폭발하며 우울한 기분이 한순간에 사라졌다.

7일 동안 나는 스물네 그릇의 양배추 수프를 먹었다. 몸무게는 2.3킬로그램, 허리둘레는 1.75인치 감소했다. 중요한 것은 팔뚝, 허벅지, 복부가 동시에 줄어들었다는 사실이다. 악마와 거래라도 한 게 아니면 이럴 수 없었다. 다음 날 당장 운동을 시작했고, 먹는 것도 조심했다. 다시는 다이어트를 하기 싫었기 때문이다. 그 우울한 날을 하루라도 더 겪고 싶지 않았다. 하지만 결심은 조금씩 희미해졌고, 6개월 후 줄어든 몸무게가 고스란히 돌아왔다. 다시 7년이 흐른 지금 체중은 더욱 늘었다. 하지만 나는 다시는 마녀수프를 끓이지 않는다. 내가 하는 다이어트는 햄버거 시킬 때 다이어트 콜라를 주문하는 게 전부다. 그래도 몸무게가 '저절로' 줄어들기를 남몰래 바라는 건 그만두지 못했다.

자신이 마녀가 아님을 인정하는 것은 고통스러웠다. 하지만 엘리자베스는 외로웠고, 제니퍼가 여전히 좋았으며, 무엇보다도 그 애가 어째서 거짓말을 했는지 이해할 수 있었다. 제니퍼도 외로웠다. 엘리자베스보다도 더 간절히 친구를 원했다. 그 애는 단지, 솔직하지 못했을 뿐이다. 모든 일에 무심하고 초연한 것은 어차피 가질 수 없다고 생각하기 때문이었다. 열두 살짜리 아이가 그런 지혜를 익히기까지 얼마나 많은 일을, 그리고 얼마나 많은 좌절을 겪었을까. 누가 뭐래도 제니퍼는 윌리엄 맥킨리 초등학교에 하나뿐인 흑인 아이였다.

마녀가 아닌, 특별한 점이라고는 없는 초등학교 5학년 소녀들은 다시 친구가 되었다. 그들의 우정이 어른이 되어서도 계속될지는 모르겠다. 확실한 건 엘리자베스는 양배추 수프 다이어트를 하게 되리라는 사실이다. 제니퍼는? 그녀라면 코웃음 치겠지. 최소한 엘리자베스 앞에서는. 하지만 집에 가서는 문을 걸어 잠그고 마녀수프를 끓일지도 모른다.

이 책은 1971년에 나왔다. 그로부터 40년이 흘렀지만 여전히 많은 여자들이 마녀를 꿈꾸고, 그보다 더 많은 여자들이 마녀수프를 끓인다. 제니퍼, 엘리자베스, 헤카테, 맥베스 부인 그리고 나, 정은지.

『내 친구가 마녀래요』

E. L. 코닉스버그

누구나 특별한 존재가 되고 싶지만 감히 누가? 내가 원하는 나와 진짜 나, 두 명의 내가 완전히 겹쳐지는 사람은 없다, 특히 여자는, 더구나 아직 어리다면! 어떤 사람들은 스스로의 실제 모습이 싫은 나머지 허상을 진짜라고 믿으려 들고, 또 어떤 사람들은 스스로를 절대 사랑 못하고 혐오한다. 꿈에 그리던 모습을 친구에게서 발견했는데, 그것이 모두 거짓이라면 어떻게 해야 하나. 그 애를 비난할 것인가 아니면 용서할 것인가.

엘리자베스가 제니퍼에게 끌린 것은 그녀가 특별하다고 생각했기 때문이다. 그녀와 함께라면 자신도 특별해질 것 같았다. 하지만 제니퍼는 마녀가 아니었다. 자신과 마찬가지로 평범한 소녀였다. 어쩌면 엘리자베스야말로 진짜 마녀일 수도 있다. 왜냐하면 현실을 부정하는 대신 발을 내딛을 용기를 가졌기 때문이다. 그녀는 제니퍼를 내치는 대신 손을 내밀었다. 평범한 소녀 제니퍼를, 그리고 엘리자베스를 인정하고 받아들인 것이다. 이 책의 원제는 『제니퍼, 헤카테, 맥베스, 윌리엄 매킨리, 그리고 나, 엘리자베스』다.

감사의 글

이 책을 쓰기 전까지는 몰랐다. 작가에게 가장 필요한 재능은 '자백'이라는 사실을. 손희경 편집장에게 감사한다. 도망가고 싶을 때 필요한 것은 감정적 위로보다는 냉철한 조언이다. 스스로를 믿을 수 없을 때 대신 물을 수 있는 편집자를 첫 책에서 만난 것은 믿을 수 없는 행운이다. 그녀가 없었다면 이 이야기는 피와 살을 갖춰 서가에 꽂히는 대신 술자리나 밥자리를 유령처럼 떠돌다 사라졌을 것이다. 초고를 읽어준 김명남씨에게도 감사한다. 영민하고 성실한, 하지만 푸드 포르노에는 문외한인 그녀야말로 모든 작가가 꿈꾸는 이상적인 '일반 독자'였다. 고양시립도서관들에도 감사하고 있다. 이 책을 쓰며 줄잡아 200권 이상의 책을 읽었는데, 그중에는 절판된 책들도 많았다. 도서관이 아니었다면 구할 길이 없었을 것이다. 하지만 더 큰 도움을 준 것은 인터넷이다. 예를 들어 구글 북스가 없었다면, 2012년 한국에 사는 정은지가 1796년 유럽에서 럼퍼드 백작이 쓴 글을 찾아 읽기는 힘들었을 것이다. 그래도 가장 감사해야 하는 것은 나와 같은 의문과 열정을 가진 웹상의 이름 모를 사람들이다. 라임피클이 도대체 뭔지, 앤의 진통제 케이크 재료는 어떤 것이었는지, 그밖에도 지극히 사소한 것들에 대한 턱없이 열정적인 토론을 추적하며 큰 도움을 받은 것은 물론, 그 과정 자체가 나에게는 비할 데 없는 즐거움이었다.

2012년 4월
정은지

내 식탁 위의 책들
세상에서 제일 맛있는 종이 위의 음식들

© 정은지 2012

1판 1쇄	2012년 4월 27일
1판 8쇄	2022년 9월 7일

지은이	정은지
펴낸이	정민영
책임편집	손희경
편집	이승희
디자인	최윤미
마케팅	정민호 이숙재 김도윤 한민아 정진아 이민경 우상욱 정유선
제작처	영신사

펴낸곳	(주)아트북스
브랜드	앨리스
출판등록	2001년 5월 18일 제406-2003-057호
주소	10881 경기도 파주시 회동길 210
대표전화	031-955-8888
문의전화	031-955-7977(편집부) 031-955-2696(마케팅)
트위터	@artbooks21
인스타그램	@artbooks.pub
전자우편	artbooks21@naver.com
팩스	031-955-8855

ISBN 978-89-6196-108-0 03810